Das schlafende Medium

Das schlafende Medium

Am Ufer des Himmels

Von Gerda Hasseler

© 2020 Hasseler, Gerda
Titelbild: © Hasseler, Gerda
Herstellung und Verlag: BoD –
Books on Demand, Norderstedt
ISBN: 9783752623901

Die Akteure:

Wladimir Putin	- russischer Präsident
Kassandra Mir	- Schlafmedium
Ariane	- Geist mit Faible Für Dima Bilan
Baalzak	- Ein Dämon zum entlieben
Sascha Petrow	- Arzt, Psychiater und Reinkarnationsforscher
Alexander Rekowski	- Leiter des FSB
Dima Bilan	- Popstar
Miron Schukow	- Alter Ego von Dima Bilan
Dragon Milford	- Reicher Schurke mit Hang zum Unruhe stiften

Aus dem Inhalt:

Am Ufer des Himmels
Epilog
Anhang

Ein Unfall mit einem seltsamen Auto

Kassandra Mir schlenderte durch die Shopping Mall Moskaus. 8 Wochen Urlaub! 8 Wochen lang wollte sie die Konzerte und Clubauftritte des sehr von ihr verehrten Popsängers Miron Schukow besuchen. Dafür hatte sie lange gespart. Und in gut 3 Wochen begann seine große Tournee durch Russland. Auch da würde sie dabei sein und ganz nebenbei das schöne Russland kennenlernen. Drückend staute sich die Hitze des Sommers zwischen den Hauswänden. Jetzt war sie allerdings etwas gelangweilt. Ihr kam es so vor, als ob ein Geschäft dem anderen glich. Nichts was sie sah, kam ihr wirklich neu vor. Wieder wallte dieses ungute Gefühl in ihr auf, welches sie seit Tagen immer wieder beschlich. Dunkel nagte es an ihr. So stark wie jetzt war es noch nie gewesen. Bedrohlich! Und dann war da auch diese starke Müdigkeit. Sie schlief sehr gut und sehr viel, aber sie fühlte sich nie so richtig ausgeruht. Sie trat auf die Straße. Sie wollte so schnell wie möglich in ihr Hotel um sich hin zu legen. Zudem machte ihr die schwüle Hitze des Sommers zu schaffen, die sich in den Straßen zwischen den Häusern und Geschäften staute. Sie sah nach rechts und links, bevor sie die Straße überqueren wollte. Sie sah die schwarze Limousine auf sich zukommen. Sie hatte auf der Beifahrerseite einen bunten Wimpel. Kassandra war irritiert und wollte zurücktreten. Stattdessen machte sie, wie fremdgesteuert, zwei Schritte vorwärts. Der Wagen erfasste sie. Bevor sie auf dem Asphalt aufschlug gingen ihr, in sekundenbruchteilen Dinge durch den Kopf wie: `Wie stütze ich meinen Sturz am besten ab, der arme Fahrer, hoffentlich bekommt er keine Schuldgefühle, was für ein komisches Fahrzeug, sowas habe ich ja noch nie gesehen und: seltsam wie viele Gedanken einem in so wenigen Sekunden durch den Kopf gehen. ´ Dann verlor sie das Bewusstsein.

Am Ufer des Himmels

Sascha Petrow betrat zusammen mit Oberst Alexander Rekowski den schwach beleuchteten Raum. Er wusste nicht was man von ihm erwartete. Er war Allgemeinmediziner, Psychiater und Reinkarnationsforscher, weshalb man ihn, unter der Bedingung der unbedingten Geheimhaltung mit diesem Auftrag betraut hatte. Zudem sprach er fließend Deutsch, was für die Geheimdienstleute auch wichtig zu sein schien. Es ging, so wurde ihm berichtet um einen Geist, der durch eine junge Frau spricht, während sie schläft und er sollte sie nun interviewen. Man, hatte ihm einen Fragenkatalog mitgegeben den er während des Gesprächs möglichst abarbeiten sollte. Er hypnotisierte normalerweise Menschen und führte sie in diesem Leben in die Vergangenheit oder in frühere Leben zurück und analysierte anschließend mit den Klienten, wie sich das in der Vergangenheit erlebte auf ihr jetziges Verhalten in bestimmten Situationen auswirkte und wie man Traumata auflösen konnte. Ein Gespräch mit einem Geist, so es denn einer war, wäre etwas ganz anderes. Es wäre unberechenbar. Eine Sitzung unter Hypnose hatte er stets unter Kontrolle. Aber hier? Seine Hände schwitzten. Hier war er in der Höhle des Geheimdienstes. Nur keine Unsicherheit anmerken lassen. Er atmete tief ein. Im Raum stand ein Mann. Sascha Petrow kniff irritiert die Augen zusammen. Doch Rekowski duldete kein Zögern und führte ihn zu einem Diwan auf dem eine junge Frau lag und schlief. Er schaute auf sie herunter. Sie schlief friedlich und ruhig. Es ließ sich auf den ersten Augenblick nichts Außergewöhnliches feststellen, außer den zwei großen Hämatomen am rechten Joch-und am Schläfenbein. Ihre Hände steckten unter einer Decke. Rekowski zeigte auf einen kleinen Tisch neben dem Diwan auf dem eine kleine Lampe stand. Er setzte sich auf einen Stuhl, breitete sein Notizbuch und den Fragenkatalog vor sich aus und wartete. Rekowski begab sich ans andere Ende des Zimmers und ließ sich dort auf einem Hocker nieder. Nichts geschah. Nach einigen Minuten räusperte sich Rekowski und fragte leise: „Wollen Sie nicht langsam anfangen? Wenn die Frau wach wird, ist ihre Chance vertan. "Sascha kniff die Lippen zusammen und dachte angestrengt nach. Dann fasste er sich ein Herz und sagte: „Guten Abend, ich bin Sascha, wer bist du? "Zunächst tat sich nichts. Sascha rutschte das Herz in die Hose. Was wenn er hier gar nichts bewirken konnte? Wenn er enttäuschte? Sein Ehrgeiz regte sich.

Dies war etwas völlig Neues für ihn. Und er wollte diese Erfahrung machen. Er überflog die Notizen die er während des Vorgesprächs gemacht hatte. Ah, da stand der Name des vermeidlichen Geistes. „Nun, "begann er wieder, „Man sagte mir, ich würde hier eine sehr interessante Persönlichkeit namens Ariane treffen. Ariane, sind Sie hier? "Die Schlafende kicherte. „Ich bin doch keine "Sie", du kannst mich duzen. Ich bin doch noch ein Mädchen. "Sascha atmete auf. Er hatte Kontakt. Das ging ja einfacher als er dachte. „Ariane, hallo, ich bin Sascha. Ich möchte mich gerne mit dir unterhalten. ". „Das ist schön. Auch wenn hier viele mit mir reden wollen. So langsam wird es anstrengend. Was willst du denn von mir?"„Nur ein bisschen Reden. Ariane, sag mir doch bitte zuerst, wie alt bist du? "„Keine Ahnung. Hier gibt es keine Zeit. "– „Wo ist dein HIER? "„Na hier im Himmel, in der Weite des weiten Himmels. Ja, das wird es sein. "„Weißt du denn nicht genau wo du bist? "„Nicht wirklich. Ich weiß nur, dass es nicht das Leben ist, wie ich es kenne. Oder kannte. Ich habe keinen Körper mehr, aber ich denke und fühle noch genauso wie vorher, als ich noch einen Körper hatte. Nur dass ich jetzt freier und schneller bin. Weißt du, ich denke ich möchte bei meiner Schwester in Ungarn sein, und Schwupps, bin ich bei ihr. Nur leider kann sie mich nicht sehen und hören. Das ist manchmal sehr deprimierend. "„Das kann ich mir vorstellen Ariane. Wie alt warst du denn zuletzt, bevor du gestorben bist? "„Ich erinnere mich dunkel. Vielleicht 17? Aber Alter gibt es hier nicht. Hier ist alles so frei und unwichtig. Hier IST man einfach nur. Sonst nichts. "„Hm Sweet 17. Weißt du wann du gestorben bist? "„Wie soll ich das wohl wissen? Ich sagte doch, hier gibt es keine Zeit. "„Wir haben jetzt das Jahr 2019. "„Was? So früh ist es noch? Ich habe ja noch Silvester gefeiert. Daran erinnere ich mich. Es kommt mir hier so vor, als wäre sehr viel mehr Zeit vergangen. "„Ariane, weißt Du wie du gestorben bist? "Die junge schlafende Frau drehte ihren Kopf auf die andere Seite, schlief aber weiter. „Ist doch unwichtig, wie ich gestorben bin. Außerdem bin ich ja gar nicht tot. Könnte ich sonst mit dir sprechen? "Sascha grinste. „Ist schon wahr. Aber immerhin brauchst einen fremden Körper um mit uns zu kommunizieren. "„Ja, das ist schon ein Glücksfall. Kassandra ist ein gutes Medium. Im

Schlaf kann sie sich nämlich nicht einmischen. Das hat schon was Gutes. "„Wie hast du Kassandra gefunden? "„Das war komisch. Ich wurde ganz plötzlich zu ihr hingezogen. Wie von einer unsichtbaren Kraft. Das war toll, als ich merkte, dass ich durch sie sprechen kann, wenn sie schläft! "Sascha konnte ihre noch kindliche Freude heraushören. „Das finde ich auch toll, dass wir miteinander sprechen können. Ich habe noch nie direkt mit einem Geist gesprochen. Für mich ist es auch das erste Mal! "Versuchte Sascha die Beziehung weiter auszubauen. „Sag mir bitte Ariane, erinnerst du dich an irgendetwas aus deinen letzten Lebensminuten? "Es folgte ein Schweigen. Sascha wollte ihr die Zeit lassen und verhielt sich ruhig. „Mmh "sagte Ariane dann. „Da war ein Lastwagen, direkt vor uns. Er ist umgekippt. Dann war ich auf einmal hier. "„Dann hattest Du einen Unfall? Wer war bei dir? "Sascha wartete. Nach einer für ihn unendlichen Zeit fuhr Ariane leise fort: „Mein Vater. Wir wollten zu einem Konzert von Dima Bilan. Ich habe mich so gefreut und Papa wollte mich zum VTB Arena Park in Moskau fahren. Papa, ich habe ihn seitdem nicht mehr gesehen. Wo ist er? "Sascha stutzte. „Wie meinst du das, wo er ist? "„Ich habe Mama und meine Schwestern besucht, als ich tot war. Aber Papa habe ich nicht mehr gesehen. Und hier im Himmel ist er auch nicht. Wo kann er nur sein? "Sascha pustete sich eine Haarsträhne aus der Stirn. Was hatte das zu bedeuten? Er musste mehr herausfinden. „Vielleicht ist er dann immer gerade nicht da, wenn du deine Familie besuchst? "„Nein, nein, ich muss nur an jemanden denken und schupps bin ich bei ihm. Mit Papa klappt das nicht. Er ist weg! "Es schwang Panik in der Stimme der jungen Frau mit. „Ariane beruhige dich. Wir werden das klären. Ich werde Erkundigungen einziehen. Wir sind hier im FSB. Wir haben hier unsere Möglichkeiten. "Wagte sich Sascha sehr weit vor und schaute sich zu Rekowski um. Der nickte unmerklich und machte eine Geste, die so viel hieß wie: machen Sie weiter! Sascha musste Ariane ablenken. „Ariane, du wolltest also zum Konzert von Dima Bilan. Dann magst du seine Musik? "Ariane seufzte. „Dima ist sooo süß und er hat so eine tolle Stimme. Er komponiert und singt super und er kann toll tanzen. Und schauspielern kann er auch. Aber davon verstehst du nichts. "„Das glaub mal nicht

15

Ariane "wandte Sascha ein. „Ich habe selbst zwei Teenager Töchter. Die finden Dima auch ganz toll. "„Ach ja? "fragte Ariane in zweifelndem Ton. „Und was hältst DU von Dima? "Eine gefährliche Fangfrage. Jetzt bloß nicht patzen, dachte Sascha. „Also, ich mag Dimas Lieder auch sehr. "„So? Welches ist denn dein Lieblingslied von ihm? "fragte sie misstrauisch. Sascha kramte hektisch in den Weiten seiner Gehirnwindungen. ` Oh Mann, mir fällt nichts ein. ` Dachte er verzweifelt. „Derzhi! "entfuhr es ihm schließlich erleichtert. Froh, dass ihm doch noch ein Titel eingefallen war. „Das Lied? "Enttäuschung schwang in Arianes Worten mit. „Was ist denn dein Lieblingslied? "fragte Sascha schnell. „Ich mag: Am Ufer des Himmels (Na bereguNeba), Paradies (рай), Schweige nicht (Не молчи), ich erinnere mich an dich (я тебя помню) und Labyrinthe (Лабиринты) am liebsten. Ich stehe eher auf die langsamen Sachen. "Sascha erinnerte sich. Seine Töchter hatten "Schweige nicht" Tag und Nacht in Dauerschleife in voller Lautstärke gehört. „Ja, "Schweige nicht" finde ich auch sehr toll. Es wurde für eine Aktion für die Verbesserung der Lebensverhältnisse und

Anerkennung von behinderten Menschen eingesetzt! Ein sehr sozialer Mensch dieser Dima Bilan. "Nun war Sascha dankbar für die Obsession seiner Töchter für diesen Künstler der ihm insgeheim auf die Nerven ging. „Ja nicht wahr? "schwärmte Ariane weiter. „Und ich verrate dir etwas. Dima ist der Grund, warum ich noch hier bin. Ich möchte so gerne einmal mit ihm sprechen. Und vielleicht lässt Kassandra mich ja auch mal kurz in ihren Körper damit ich ihn umarmen kann. "„Ach, du bist jetzt gar nicht in ihr? "fragte Sascha irritiert. „Nein, sie lässt mich nicht. Ich kann nur ein bisschen an sie ran. Ich weiß nicht wie das funktioniert, dass ich ihre Stimme benutzen kann. "„Das ist ja merkwürdig. "Sascha kratzte sich am Kinn. „Weiß Kassandra, dass sie ein Medium ist? Und kannst du mit ihr kommunizieren? "„Ja, - nein, - ja ähm. Sie glaubt sich ja selber nicht. "

„Wie soll ich das denn verstehen? "hakte Sascha nach, der ein wenig auf dem Schlauch stand. "„Sie hört, fühlt und sieht viel. Ich meine Hellhören, Hellfühlen und Hellsehen und so. Aber sie zweifelt an sich. Obwohl die Leute, denen sie etwas vorhersagt immer davon schwärmen, dass es stimmt was sie sagt.

„Warum zweifelt sie dann an sich? „Ich glaube sie will auf der richtigen Seite stehen. "„Sie will auf der richtigen Seite stehen? Wie meinst du das? "„ Ich kann in ihrer Akasha Chronik lesen. Das ist wie ein Buch, in dem alles steht was eine Seele jemals erlebt, gefühlt, gesagt und gedacht hat. "„Ich weiß was eine Akasha Chronik ist. "Warf Sascha ein und biss sich gleich auf die Zunge. Er sollte ihren Redefluss nicht unterbrechen. „Was hast du denn darin gelesen? "„Eigentlich geht es dich nichts an. Das ist privat. "Wandte Ariane ein. Sascha schmunzelte. „Hast du, Ariane, denn nicht auch in ihrem Akasha-Tagebuch geschnüffelt? "Pause. „Na gut, du hast ja Recht. Sie wurde mal als Hexe verbrannt. Seitdem hat sie eine panische Angst vor dem Bösen, was auch immer das sein mag. "„Sie wurde als Hexe verbrannt? "„Bist du ein Papagei? Sprich mir nicht immer nach. Das nervt. "„Entschuldigung Ariane. Ich bin nur so aufgeregt. Wann erfährt man denn schon aus erster Hand so interessante Dinge? "„Ist schon gut. Würde mir wohl auch nicht anders ergehen. Was glaubst du wohl, was das erst für eine Umstellung war, sich hier im Himmel zu Recht zu finden. „Du bist im Himmel? "„Ich denke schon.

Ist alles so wohlig hier. Und ich kann alles auf der Erde beobachten. "„Sag mal Ariane, sind da noch andere Wesen bei Kassandra? Andere Geister, Seelen, Dämonen? "Kurze Pause. „Dämonen? Sag mal spinnst du? Ich sagte gerade es ist alles so schön wohlig hier. Weißt du denn nicht, dass das passiert oder auftaucht an was man denkt? Hast du schon mal was von Gedankenkraft gehört? Ich kann dir ein Lied davon singen. Und hier wirkt Gedankenkraft noch viel stärker. Also, immer an schöne Dinge denken. Hörst du? Ich will hier keinen Ärger haben! "„Ist ja gut Ariane. Aber wenn dir etwas auffällt, dann teilst du es mir doch mit oder? ". Sascha dachte schon, dass er sie verloren hatte, weil sie lange schwieg. Dann antwortete Ariane: „Wo Du gerade von Dämonen sprichst… hier ist einer! "Rekowski und der Mann am Fenster kamen näher. Jetzt wurde es spannend. „Da ist ein Dämon bei Dir? "„Psst! Nicht so laut! Nicht das der noch auf mich aufmerksam wird. Er ist vorhin durch das Portal gekommen. Da waren noch mehr Dämonen. Aber ein Strahl hat das Portal rechtzeitig versiegelt. Ich hatte den Männern hier Bescheid gesagt, darüber, was hier vor sich ging. Und sie haben mich wohl auch verstanden. Nun rennt das Tier hier vor dem verschlossenen Portal hin und her und flucht und schreit und spuckt Feuerfontänen. Jedenfalls wirkt es so. Das macht mir Angst! "Nun mischte sich eine Männerstimme, die Sascha seltsam bekannt vorkam, von hinter ihm in das Gespräch ein: „Ariane, hab keine Angst! Wir danken Dir sehr für Deine Warnung. Du hast damit wahrscheinlich Russland gerettet, wenn nicht sogar die ganze Welt. Dafür wirst Du auch eine Belohnung bekommen. Und ich weiß auch schon welche! "„Eine Belohnung? Das wäre schön. Aber wie wollen Sie einen Geist belohnen? "„Warts nur ab. Ariane. Ich verspreche Dir eine Belohnung! Der Sascha wird sich jetzt öfters mit Dir unterhalten, wenn Du magst. "Pause. „Ist schon Ok. Besser als diese komischen sturen Männer vom Geheimdienst. Mit Ihnen und mit Sascha mag ich reden. Immerhin mag der Dima auch. Oh Nein! Kassandra wacht auf. Bis nachher dann. "Sascha Petrow starrte den Mann der jetzt neben ihm stand, fassungslos an. Dieser lächelte milde auf ihn herab.

Ein ernsthaftes Gespräch mit einem kleinen großen Mann

Kassandra stöhnte auf und hob ihre Hand an ihre rechte Schläfe. Ihr Kopf dröhnte schmerzhaft. Sie öffnete flatternd die Augen. Das Licht brannte in ihren Augen und sie schloss sie wieder. Sie versuchte es erneut und nahm neben sich einen Schatten wahr. Sie drehte ihren Kopf und sah einen Mann in einem dunklen Anzug auf sich herabblicken. `Oh Nein! ´ dachte sie, 'nun habe ich auch noch Halluzinationen. – Oder träume ich? ´ Ihre Augen verkleinerten sich zu Schlitzen, in der Hoffnung, dadurch schärfer sehen zu können. Die Erscheinung blieb neben ihr stehen und schaute sie mit einem merkwürdigen Gesichtsausdruck weiter unverwandt an. Kassandra schüttelte den Kopf, was ihr weitere Schmerzen verursachte. Die Person blieb dort stehen, wo sie stand. Das konnte doch nicht wahr sein. „Das ist eine ziemlich interessante Geschichte, die Sie uns hier erzählt haben. "sagte Wladimir Putin. Kassandra runzelte die Stirn. Sie versuchte sich aufzusetzen was ihr nur mit Mühe gelang. Putin fasste sie am Arm und half ihr in eine sitzende Position auf der Sofakante. „Geht es wieder? Haben Sie Schmerzen? "Schwindel und eine leichte Übelkeit erfasste sie. Sie fixierte einen Punkt an der gegenüberliegenden Wand und starrte darauf während sie tief in ihren Bauch atmete. Schnell ließ der Schwindel nach. „Ja, ich habe Schmerzen, aber sie sind erträglich. Was ist passiert, und wer sind Sie? - Ein Double? "Der Mann lachte. „Man, sagt mir nach, viele Doppelgänger zu haben und auch einzusetzen. Aber nein, ich bin es wirklich. Und sie haben den perfekten Moment abgepasst, um mir, - oder besser meinem Chauffeur, vor das Auto zu laufen. Der Mann hat einen kleinen Schock erlitten. "„Das tut mir leid. Ich weiß auch nicht, wie das passieren konnte. Ich erinnere mich das ich rückwärts auf den Gehsteig gehen wollte und dann, wie ferngesteuert, vorwärts gegangen bin. "

„Hauptsache ihnen ist nichts Schlimmes passiert. Sie haben eine leichte Gehirnerschütterung und eine Jochbeinprellung Ariane. "„Ariane? "hakte Kassandra nach. „So heißen Sie doch, Ariane! ". „Aber nein, ich heiße Kassandra. Kassandra Mir ". Putin setzt sich zu ihr auf die Sofakante und schaute sie mit einem seltsamen Blick an. „Sie kennen keine Ariane? "„Aber nein, woher denn? "Kassandra wusste nicht, worauf er hinauswollte. „Nun, dass sie Kassandra Mir heißen und deutsche Staatsbürgerin sind, haben wir schon ihrem Personalausweis entnommen. Aber in ihrer Bewusstlosigkeit haben Sie russisch gesprochen und sich Ariane genannt. "Kassandra schaute ihn konsterniert an. „Naja, manchmal spreche ich im Schlaf. Aber warum sollte ich mich Ariane nennen? Ich kenne niemanden mit diesem Namen. Und mein Russisch ist eher auf A1 Niveau. Ich kann mir gerade mal einen Kaffee auf russisch bestellen. Das war es dann aber auch schon fast. "„Siewissen, dass Sie im Schlaf sprechen? "„Nun, es wurde mir öfters berichtet. Man, sagt mir sogar nach, Ereignisse der Zukunft im Schlaf vorherzusagen, die dann auch eintreffen. Ich weiß davon aber eigentlich nicht wirklich etwas. Ich schlafe dann ja. "gab Kassandra bereitwillig zum Besten. Putin schaute sie mit einem durchdringenden Blick an. Er hatte das Gefühl, dass diese Frau ihm etwas verschwieg. Aber sein Bauchgefühl sagte ihm auch, dass von ihr selbst keine Gefahr ausging.

Vielleicht wollte sie sich auch nur schützen, was nur verständlich war. „Frau Mir, was tun Sie hier in Russland? "Kassandra schaute ihn verschämt an. Dann sagte sie: „ Ich mache Urlaub in ihrem wunderschönen Land. "Putin grinste sie an. „ aus einem bestimmten Grund? "Kassandra druckste herum. Sie wollte mit dem Staatsoberhaupt des größten Staates der Erde keine Trivialitäten austauschen. Dann gab sie sich einen Ruck. „ Ich möchte einige Konzerte von Miron Schukow besuchen. "Putin nickte verstehend. „ Sie mögen seine Musik? "Kassandra nickte. „Deshalb bin ich nach Russland gekommen. Wegen ihm. Sie spürte eine unangenehme Hitze in ihrem Gesicht aufsteigen. Vermutlich wurde sie gerade rot. "Putin nickte wieder. „Ja, Russland hat auch viel an Kultur zu bieten. Ich kenne Schukow persönlich. Flüchtig, aber seinen Vater kenne ich sehr gut, "gab der Präsident Russlands von sich preis. Kassandra schaute ihn erstaunt an. Ein Lächeln breitete sich auf ihren Lippen aus. „Und wie ist er so? Der Miron? "Ob dieser Nachricht vergaß sie glatt, mit wem sie gerade sprach. Putin zuckte mit den Achseln. „Wie gesagt, Miron Schukow kenne ich nur flüchtig. Aber er

ist wohl ein anständiger und kreativer Kerl. "Kassandra war ein wenig enttäuscht über diese Allerweltsfloskel. Dann erinnerte sie sich, mit wem sie hier über Popmusik sprach und dass sie derzeit dringendere Probleme hatte. „Der Umstand, dass ich im Schlaf gesprochen habe, verschafft mir die Ehre, dass der Präsident Russlands bei mir Krankenpfleger spielt? "witzelte sie. Sie versuchte ein Lächeln, verzog aber sogleich wieder schmerzhaft das Gesicht. „Nein ", antwortete Putin. „Nicht, dass sie im Schlaf gesprochen haben, verschafft ihnen diese Ehre, sondern WAS Sie im Schlaf gesprochen haben, beziehungsweise, was wohl ein Geistwesen durch sie gesagt hat. "Kassandra war irritiert. „Was habe ich denn gesagt? "„Das kann ich Ihnen leider nicht sagen. "„Sie sagen mir nicht, was ich selbst gesagt habe? "„Nein! - Das ist geheim. Außerdem haben ja nicht Sie selbst geredet, sondern ein Geistermädchen namens Ariane. "Kassandra zog die Luft ein. „Ich verlange, dass sie mir das Tonband vorspielen. Ich will sofort wissen, was hier los ist! "Putin runzelte die Stirn. „Welches Tonband? "
„Herr Putin Sie mögen mich für dumm halten und gemessen an Ihnen bin ich das wohl auch.

Aber wenn Sie mich glauben machen wollen, dass Sie als alter Geheimdiensthase keine Audioaufzeichnungen tätigen, wenn sich hier ein Geistwesen in ihre Politik einzumischen versucht, unterschätzen Sie sogar mich. So naiv bin ich nun doch nicht. Und erzählen Sie mir bitte nicht, da stecke nicht noch mehr hinter all dem. Denn wenn es das nicht täte, würde sich der russische Präsident schon mal gar nicht mit mir abgeben. "Vladimir Putin verharrte einen Augenblick, dann drehte er sich um und ging zur Tür. Kassandra blickte ihm enttäuscht nach. Da hatte sie wohl überzogen. Naja, immerhin hatte sie einen der mächtigsten Männer der Welt angeblafft. Putin öffnete die Tür, steckte den Schlüssel von außen nach innen um und drehte ihn dann zwei Mal um. Sofort klopfte es von außen an die Tür. „Ich will jetzt nicht gestört werden! "rief Putin auf Russisch, ging zum Tisch, nahm sich einen Stuhl, trug ihn zur Liege wo Kassandra verharrte und setzte sich zu ihr. Sie sah ihn erwartungsvoll an. Putin hielt ihrem Blick lange stand. „Das Tonband können Sie gerne hören. Da sie, wie sagen, nur rudimentär Russisch sprechen und verstehen, wäre das für uns auch gar kein Problem. "Kassandra zog

einen Flunsch. Das hatte sie nicht bedacht.
„Kassandra, das Geistwesen, das sich Ariane nennt und durch Sie im Schlaf mit uns kommuniziert, ist unser geringste Problem. "Er machte eine Pause und wartete ihre Reaktion ab. Kassandra nickte, was ihn ermunterte weiter zu sprechen. „Und wenn wir Ihnen etwas verschweigen, dann darum, weil es russische Geheimnisse betrifft und die Sicherheit Russlands gefährden könnte. "Er machte wieder eine Pause und fuhr dann fort: „Sie sind keine Russin. Sie könnten auch eine Spionin sein. "Kassandra sah ihn mit großen Augen an. Von dieser Warte hatte sie das Ganze noch gar nicht betrachtet. Sie atmete tief ein und blies die Luft hoch zu ihrer Stirn. Es fühlte sich angenehm kühl an. Sie schwitzte nun wohl. Aber wer würde das nicht in ihrer Situation.

Putin dachte nochmals einige Zeit nach, gab sich dann aber einen Ruck und beschloss, Kassandra Mir aufzuklären. Schließlich steckte sie mit in der Sache drin und er war auf ihre Mitarbeit angewiesen. Zudem war sie deutsche Staatsbürgerin. Er konnte sie nicht einfach nach gutdünken hier festhalten. Das könnte zu internationalen Verwicklungen führen. Und das konnte er so gar nicht gebrauchen. Die westliche Welt suchte ohnehin mit Argusaugen nach Fehlern bei ihm um diese für ihre eigenen Zwecke politisch auszuschlachten.

„Ihr Geist Ariane hat entdeckt, wie sich über Moskau ein Dämonenportal zu öffnen begann. Sie hat uns rechtzeitig gewarnt. Sie Kassandra, sind uns gerade rechtzeitig vor das Auto gelaufen. Oder Ariane hat dafür gesorgt, dass es so kommt. Das ware möglich. Wir konnten das Portal mit unserer Technik vorerst verschließen. Leider ist es einem Dämon gelungen hindurch zu schlüpfen. Der hat wohl, wie auch Ariane, entdeckt, dass sie ein Medium sind und sich an sie dran gehängt. Sie scheinen für ihn derzeit das beste Medium zu sein, um auf der Erde zu wirken. Er ist noch nicht in ihren Besitz gekommen. Aus irgendeinem Grund kann er Sie nicht vollständig benutzen. Vielleicht muss er sich erst akklimatisieren und an die Gegebenheiten hier gewöhnen. Vielleicht sind auch Sie, Kassandra, noch zu wehrhaft. Vielleicht spielen auch beide Faktoren oder noch ganz andere eine Rolle. Wir wissenes einfach nicht. "Kassandra war geschockt. „Das sind aber eine Menge: Vielleicht. Ein Dämon? Das ist ja unglaublich! Sowas gibt es wirklich? Ein Dämon ist in mir? "Putin schüttelte langsam den Kopf. „Ja, Dämonen gibt es wirlich. Und nein, bis jetzt ist er wohl noch nicht in ihnen. Wie Ariane kann aber auch er, bis jetzt, nur während Sie schlafen, mit uns kommunizieren. Wir nehmen jedenfalls an, dass er das versucht hat. Wir sind uns aber sicher, dass er es war, da sich Ariane bislang nicht so unzivilisiert und unflätig mit uns unterhalten hat. Sie ist wohl ein sehr zartes und feinfühliges Wesen. Ein bisschen überschäumend in ihrem Elan. Nun ja, sie ist ja auch sehr jung gestorben und hätte noch ihr ganzes Leben vor sich gehabt. "Putin hielt einen Moment inne, als würde er für Ariane trauern. Dann fuhr er fort: „Der Dämon war barsch, laut und rau. Meine Sicherheitsleute haben sich nichts anmerken lassen und so getan, als glaubten sie, sie Kassandra würden im Schlaf mit ihnen sprechen. "„Was wollte er? "fragte Kassandra. „Er wollte den Chef sprechen. Das bin dann wohl ich. Wir werden, dass so lange wie möglich hinauszögern. Es geht schließlich um die Sicherheit Russlands. Wir denken, dass er hier ganz nahe an mir dran sein will und Sie ein, wenn auch schlafendes, Medium sind, das er für sich einnehmen will. Ich an seiner Stelle würde diese günstige Gelegenheit auf alle Fälle wohl auch nutzen. Er schien aber auch etwas verwirrt beziehungsweise orientierungslos zu sein. "Kassandra rutschte unruhig auf ihrem Diwan hin und her. Sie fühlte sich sehr unbehaglich. In was war sie hier nur hineingeschlittert? „Ich fühle mich völlig normal. "Machte sie einen halbherzigen Versuch. Sie bekam von dem ganzen ja auch nicht wirklich etwas mit. Sie musste sich auf die Aussagen der Geheimdienstler und des Präsidenten von Russland verlassen. Und in der Tat hätte man sie nicht längst hinausbefördert, wenn sie nicht eine Schlüsselrolle spielen würde? Putin atmete tief ein und aus. Er sah ihr fest in die Augen. „Frau Mir. Kassandra. Ich will ehrlich zu Ihnen sein. Auch wenn es mir schwerfällt, dies zu sagen. Wir sind sicher, dass der Dämon sie benutzen will. Und falls er sich ihres Körpers bemächtigt und wir seiner nicht Herr werden können, müssen wir ihn ausschalten. "Die Worte hingen schwer in der Luft. „Sie werden mich töten! "stellte Kassandra heiser flüsternd fest und schluckte hart. Putin sah ihr fest in die Augen. „Wenn es nicht anders geht und uns, wenn auch nur einen kurzen, Vorsprung bringt, haben wir keine andere Wahl! "Kassandra stand auf, setzte sich aber sofort wieder. Sie fühlte sich wie bei einem Schwächeanfall. „Frau Mir, ich verspreche Ihnen, dass wir alles tun, um das zu verhindern. Ihr Wohl liegt mir sehr wohl am Herzen. Sie sind wohl eine starke und kluge Frau. Und ich denke, dass auch Sie aktiv Einfluss auf das weitere Geschehen nehmen können. Wir werden einen Weg finden. Ihr Einverständnis vorrausgesetzt. Gemeinsam. "Er sah sie an und wartete ob sie etwas antworten wollte. Als Kassandra schwieg eine Weile. Sie musste das erst einmal sacken lassen. Würde sie sie einfach so hier herausspazieren lassen, wenn sie sich verweigerte? Und würde der Dämon hier beim "Chef" bleiben, oder sich weiter an sie dranhängen, weil er sie als Medium benutzen konnte? Sie konnte es drehen und wenden wie sie wollte. Putin brauchte sie und sie brauchte jede Hilfe die man ihr gewähren würde. Wer hätte mehr Möglichkeiten als der russische Staats-und Geheimdienstapparat? Sie nickte und sagte: "OK. Ich bin einverstanden mit allem, wenn sie mir nur den Dämon vom Hals halten. Ich werde tun was in meiner kleinen Macht steht. Haben Sie schon einen Plan?" Putin atmete erleichtert aus. "Wir werden Sie jetzt so lange wie möglich am Schlafen hindern Kassandra. Sie müsse auf jeden Fall wach bleiben. Leider können wir so auch nicht mit Ariane kommunizieren, die uns eine wertvolle Hilfe sein könnte. Sie kann uns sicher hören und wir könnten ihr Aufträge erteilen. Aber wenn sie uns hören kann, könnte der Dämon uns wohl auch hören. Darum wird es schwierig. Wir arbeiten aber an anderen Kommunikationsmöglichkeiten mit ihr. Jedenfalls werden wir sie jetzt rund um die Uhr wachhalten. Auch mit wachhaltenden Stimulanzien. "Kassandra wirkte jetzt schon erschöpft, obwohl sie gerade erst stundenlang geschlafen hatte und wollte, ihrem ersten Instinkt folgend, dem ganzen entkommen und sich in eine Ohnmacht oder einen tiefen Schlaf stürzen. „Vielleicht könnte man mich in ein künstliches Koma versetzen? "machte sie einen schwachen Versuch, die Antwort schon ahnend. „Kassandra, im Koma wären Sie ja geistig und körperlich noch besser angreifbar. Aus einem Schlaf kann man sie zur Not noch schnell aufwecken. Sie im Fall der Fälle aus einem Koma zurück zu holen, das dauert einfach zu lange und schwächt ihren Körper und ihre Abwehr viel zu sehr. "Kassandra wollte einwenden, dass sie vielleicht in der Zwischenwelt während des Komas helfen könnte. Aber das traute sie sich nun auch wieder nicht zu. Sie kannte sich ja dort, im Jenseits oder wo auch immer sich die Geister und Dämonen aufhielten, auch nicht aus. „Es wird ab jetzt immer jemand bei Ihnen sein. "fuhr Putin fort. „Es soll Ihnen auch an nichts mangeln, außer an Schlaf. "Kassandra seufzte und hob eine Hand zitternd an ihr Herz. Erst jetzt bemerkte sie, dass ihre Hände verbunden waren. Ihre Handflächen fühlten sich heiß unter dem Verband an. „Machen Sie sich keine Sorgen "sagte Wladimir Putin. „ Das sind nur Schürfwunden. „Ich habe einmal eine Woche nicht schlafen können "berichtete sie. „Es war die schlimmste Zeit meines Lebens. Es war die reinste Folter. Ich konnte zum Schluss kaum noch klar denken und war völlig überdreht. "Putin legte eine Hand auf ihre. „Kassandra, Sie sind stark. Wir schaffen das gemeinsam. Ich weiß, dass ich Ihnen viel abverlange. Aber es geht nicht anders. Bleiben Sie ruhig und vertrauen Sie uns. "Kassandra nickte und schwieg. Dann hob sie den Kopf. „Vielleicht sollten wir ein Codewort vereinbaren, falls der Dämon sich auch im Wachzustand meiner bemächtigen kann. Um uns zu unterscheiden, könnten wir ein Codewort vereinbaren, damit sie wissen, dass sie es wirklich mit mir zu haben. "Putin stutzte. „Gute Idee, dass ich da nicht selbst drauf gekommen bin … "Er Griff in die Innentasche seines Jacketts und holte ein kleines Notizbuch und einen Stift heraus. Er riss ein Blatt heraus, notierte etwas und reichte ihr den Zettel. „Aber nicht laut sagen, man weiß ja nie wer eventuell mithört. "Kassandra starrte zuerst den Zettel und dann Putin an. „Ich kann kein kyrillisch "sagte sie trocken. Putin lehnte sich vor und schaute sich die Notiz nochmals an. „Oh, Entschuldigung! ". Er nahm ihr das Blatt aus der Hand, schrieb erneut etwas darauf und gab ihr den Zettel zurück. Sie lächelte: „Ach wie niedlich! Teddybär! "Putin starrte sie entrusted an. „Sie sollten es doch nicht laut sagen, jetzt haben Sie alles verdorben! "rief er empört, stand auf und ging zur Tür. „ Vielleicht hat er es ja auch doch nicht gehör. Nun, alles Notwendige wird zügig veranlasst. Kassandra, haben Sie Mut und

Vertrauen. Dann wird alles gut. "Damit verließ er den Raum. Kurz darauf trat ein Wachmann ein, der sich als Sergej Pawel vorstellte. Kassandra stand nun von ihrem Diwan auf und ging in dem Raum hin und her. Sie bekommen andere Räumlichkeiten mit vielen Annehmlichkeiten. Er wird nur gerade noch hergerichtet. Wir tun unser Möglichstes, um Sie hier heil heraus zu bekommen und Ihnen die Situation so angenehm wie möglich zu machen. "Kassandra verdrehte resigniert die Augen. Also, hatte man ohnehin nicht vorgehabt sie hier einfach herauszulassen, oder schon in weiser Voraussicht auf ihre Kooperation gebaut. „Ich wollte an Ihrer Stelle nicht sein, "fuhr Sergej Pawel fort und zog einen Karton, den er mitgebracht hatte, zu sich heran. „Möchten Sie ein Spiel spielen? Mensch ärgere Dich nicht, Dame, Mühle, Schach? "Kassandra schaute ihn konsterniert an. „Bitte was? "„Na, ich soll Sie ja ablenken und wachhalten. "„Guter Mann, zunächst einmal duzen wir uns, wenn wir längere Zeit mit einander umgehen sollen. Und zum Zweiten, ich bin gerade erst ausgeschlafen und nach dem Gespräch mit deinem Präsidenten voller Adrenalin. Komm jetzt nicht mit langweiligen Spielen. "Sergej senkte schuldbewusst den Kopf. „Du hast ja Recht. Ich kann mich gar nicht richtig in dich hinein versetzten. Muss schlimm sein. Ich weiß darüber ja nicht viel. Bin ja kein Geheimnisträger. "„Willkommen im Club "meinte Kassandra sarkastisch. „Ich weiß auch nicht viel. Ich bin ja eine Ausländerin. Mir sagt man auch kaum etwas. Und das ist ja noch viel schlimmer, wenn es um einen selbst geht und man nicht weiß 'was kommt. "Kassandra holte tief Luft. „Und das was man mir gesagt hat, macht mir eine Höllenangst. Höllen, - ja im wahrsten Sinne des Wortes. "Sie ging an das Fenster welches zum Hof führte und schaute hinaus. Unten sah sie einen Lieferwagen stehen, aus dem Männer eifrig Kartons und Gerätschaften luden und in das Gebäude trugen.

Zeitvertreib

Man, hatte Kassandra in einen anderen Trakt des Gebäudes gebracht und ihr dort ein großes Wohnzimmer eingerichtet. Ein überdimensionaler Fernseher hing an der Wand. Man, hatte eine Playstation mit diversen Spielen besorgt und stellte ihr einen Computer zur Verfügung. Zudem gab es eine kleine Küche, ein Badezimmer sowie ein Arbeitszimmer, in welchem auch Equipment des Geheimdienstes aufgebaut wurde sowie mehrere Schreibtische und Computer, an denen Geheimdienstler saßen und auf den Monitoren Tabellen und sich bewegenden Balken beobachteten. Ab und zu schalteten sie an den Tastaturen der Apparate herum. Es gab sogar einen großen Tonbandapparat. Fast wie ein Musikstudio, schoss es Kassandra durch den Kopf. Nur dass hier keine Musik aufgenommen wurde. Es waren erst acht Stunden vergangen, seit Präsident Putin sie mit seiner Staatskarosse angefahren hatte. Ihr Leben stand auf dem Kopf und lag nun nicht mehr in ihrer Hand. Sie war ein Spielball der russischen Regierung, eines Dämons und vielleicht sogar eines kleines Geistermädchens. Ariane. Kassandra konnte sich darauf keinen Reim machen. Wer war Ariane? Sie kannte im wahren Leben keine Ariane. Warum hatte sie ausgerechnet sie ausgesucht? Gab es Schnittpunkte in ihrem Lebensstil? Im

Charakter? Kassandra hatte sich bislang nie mit so eine Esoterik – Kram beschäftigt. Das war Hokuspokus. Nun, ja, sie hatte manchmal Déjà vu´s und auch Vorausahnungen. So ein Bauchgefühl, dass sich meist als richtig herausstellte. Aber das hatte doch jeder Mal.

Der Kampf gegen die Müdigkeit

Es klopfte und kurz danach öffnete sich die Tür. Kassandra drehte sich nach dem Besucher um. Es war Sascha Petrow. „Kassandra! Wie geht es Dir? "Kassandra versuchte ein Lächeln. „Nun, - so langsam werde ich müde. Die Sache ist ja die. Je mehr man dagegen ankämpft, umso schlimmer wird es. "Sascha ging zu seinem Schreibtisch und legte eine kleine Schachtel auf die Arbeitsplatte. „Was hast Du mir Schönes mitgebracht? "fragte Kassandra neutgierig. „Dies hier, -„antwortete Sascha und hielt die Schachtel auf ihre Augenhöhe, "ist ein Amphetamin. Es unterdrückt das Hungergefühl aber auch das Schlafbedürfnis. Es macht müde Menschen munter. "Kassandra kam näher. „Wenn es mir hilft wachzubleiben... Und ein

wenig Gewichtsabnahme kann mir ja auch nicht schaden, "strahlte sie und kniff sich selbst in die Hüften. Sascha hob die Augenbrauen.
„Kassandra. Ich muss dich darauf aufmerksam machen, dass es auch Nebenwirkungen hat. Auswirkungen, die auch kritisch für unsere Mission hier werden können. "„Kassandra nahm ihm die Schachtel in die Hand und betrachtete die kyrillischen Buchstaben ausgiebig. „Welche Nebenwirkungen sind das denn? "„Neben Schwindelanfällen und Schweißausbrüchen können auch Depressionen und Wahnvorstellungen auftreten. Wegen der Depressionen mache ich mir weniger Sorgen. Solange wirst du das Mittel hoffentlich nicht einnehmen müssen. Und wir werden die Einnahme so lange wie möglich hinauszögern. Die Wahnvorstellungen machen uns mehr Kopfzerbrechen, weil wir und du dann weniger unterscheiden können, ob es sich bei deinen Angaben um Halluzinationen oder wirkliche Begegnungen mit dem Dämon handelt. Das Mittel wurde bereits im zweiten Weltkrieg bei den deutschen Soldaten eingesetzt, damit sie länger wachbleiben und aufmerksamer kämpfen konnten. Auch in den sechziger Jahren des

letzten Jahrhunderts war das Mittel hip. Die Beatniks nahmen es ein, um nachts länger feiern zu können. Es ist wie eine Art Crack. Schon die Beatles haben es in 1962, als sie in Hamburger Clubs und Kneipen spielten eingenommen, um die Nächte besser durchspielen und dem Druck Stand halten zu können. "
Kassandra warf die Schachtel erschrocken mit spitzen Fingern zurück auf den Schreibtisch. „Wir schaffen das. "„Und du Sascha, - "fragte sie, "wirst du es auch einnehmen? Denn außer dir sehe ich hier keinen Arzt. Du wirst also auch rund um die Uhr wach sein müssen, "scherzte Kassandra lahm. „Wir werden sehen. Ich stehe dir bei. Das verspreche ich dir. Und wir haben noch eine Krankenschwester eingestellt. "Kassandra legte kurz ihre Hand auf seinen Unterarm. Wohl mehr um sich selbst zu trösten.

Ein Lord in Verlegenheit

Lord Dragon Milford lief in seinem Arbeitszimmer auf und ab und rang dabei die Hände. Er wusste nicht was schiefgelaufen war. Aber er wusste, dass er sich dafür rechtfertigen musste. Er, Milford, war ein mächtiger Mann, der mit Hilfe seines Vermögens viele Strippen, auch in der politischen Welt, so ziehen konnte, dass es für ihn und Seinesgleichen zu einem Vermögens -und Machtzuwachs führte. Aber auch er, der sich oben an der Elitespitze befand, war anderen, noch höheren Mächten, unterworfen. Mit Hilfe von CERN wollten sie von der Schweiz aus ein Portal erschaffen, um die Kräfte der Dunkelheit auf die Erde zu holen, damit sie die düstere Prophezeiungen der Offenbarung endlich einleiteten. Die Koordinaten, die Berechnungen, alles schien gestimmt zu haben. Und in der Tat wurde laut den Daten auch ein Portal erschaffen. Nur nicht über Europa, wie es geplant war. Jedenfalls nicht hier. Er war von seinen Meistern vorgeladen und massiv gerügt worden. Man, könne ihn jederzeit mit anderen willfährigen und machtgierigen Menschen ersetzen, wurde ihm gesagt. Aber letztlich gab man ihm noch eine Chance, den Fehler wieder glatt zu bügeln. Man, hatte ihm mitgeteilt, dass sich das Portal über Moskau geöffnet hatte. Ausgerechnet. Dies könnte von der Gegenseite als Angriff gewertet werden. Erst im letzten Jahr hatte man einen vorläufigen Waffenstillstand mit den russischen Lichtkriegern, einer Loge der Gegenseite, wie auch die Weißhüten und den Weltenbewahrern, abgeschlossen. Seinerzeit war der Plan fehlgeschlagen, den berühmten Popstar Miron Schukow so umzupolen, dass er in Russland destruktiv für die dunkle Seite der Macht arbeiten und somit zur Instabilität Russlands beitragen sollte. Der damalige FSB-Oberst Michail Danilow hatte das, wie auch immer, zu vereiteln gewusst. Naja, auch die Dummheit und Eigenmächtigkeit seines willfährigen Knechtes Oleg Wesselow hatten dazu beigetragen. Milford hatte seitdem noch mehr Sorgfalt auf die Auswahl seiner Handlanger gelegt. Milford wollte derzeit keinen Ärger mit den Russen. Er konnte nicht noch einen Kriegsschauplatz gebrauchen. Sein Arbeitsschwerpunkt lag derzeit in Europa. Er musste unbedingt mit den Russen klären, dass es sich um ein Versehen handelte. Also, musste er Kontakt herstellen. Milford hielt in der Bewegung inne. Natürlich, Danilow. Dessen Nummer hatte er. Milford griff in seine Jackentasche und zückte sein Smartphone.

Miron Schukow erhält einen seltsamen Anruf

Miron Schukow hatte gerade sein Workout beendet und sich einen frischen Orangensaft gepresst. Das Training für die neue Konzerttournee war hart. Aber er bereitete sich wie immer akribisch darauf vor. Er wollte seinen Fans etwas Besonderes bieten. Er hatte es sich gerade auf der Terrasse gemütlich gemacht, als sein Smartphone klingelte. Er runzelte die Stirn. Es wurde keine Nummer angezeigt, dennoch läutete es weiter. Er nahm das Gespräch an. „ Hallo Miron, hier ist Wladimir! "Miron stand auf dem Schlauch. „ Wladimir, - welcher Wladimir? "„ Putin natürlich, wer sonst? "schnarrte es aus dem Handy. „ Ja klar du Scherzkeks. Ich leg jetzt wieder auf, "war Mirons erste Reaktion. „ Nein Miron, ich bin es wirklich! Ich suche deinen Vater. Weißt du wo er ist? "Miron starrte sein fassungslos sein Smartphone an.„ Mein Vater ist tot! Das weiß doch jeder, der den Feuilleton der Zeitung liest. "Schlauer Kerl! dachte Putin anerkennend. Denn offiziell galt Miron Schukows Vater seit seiner Kindheit als Tot. „ Dein Vater ist Oberst Ade Michail Danilow, ganz nebenbei auch mein bester Freund. Außer dir, deiner Schwester und deiner Mutter Mediana weiß das nur noch der Präsident von Russland. Ist das Beweis genug? "Miron schluckte hart. „ Entschuldigen Sie Herr Präsident. Ich dachte es erlaubt sich jemand einen Scherz mit mir. "„Nein, nein, du hast richtig gehandelt. So, muss es sein. Man, weiß ja nie wer gerade am anderen Ende der Leitung ist. Die Sache mit Milford und seinen dunklen Kumpanen ist ja auch noch kein Jahr her. Weshalb ich anrufe, ich erreiche Michail nicht. Soweit ich weiß, wollte er nach Innererde zu Mediana. "Miron kratzte sich am Kopf. „ Nun, da ist er auch hingefahren. "Er hörte Putin laut ausatmen. „ Ja, dass ist gut. Miron höre gut zu, ich brauche Michail sofort bei mir. Es ist etwas eingetreten, wo ich die besten Berater und Akteure um mich herum benötige. Kannst Du bitte einen Kontakt nach Innererde herstellen und Michail sagen, er soll sich mit mir in Verbindung setzen, - oder noch besser er soll sofort zu mir rüber kommen. Wir bekommen hier derzeit keinen Kontakt zu Innererde. "„ Das könnte ich wohl tun, "meinte Miron gedehnt. „ Es wird aber nicht viel nützen. "„ Warum nicht? "Putin wirkte irritiert. „Nun, weil meine Eltern spontan mit Saul in Richtung Saturn aufgebrochen sind. "„ Wer ist Saul? "fragte Putin. „ Saul ist vom Saturn -Mond Dione. Er will meinen Eltern dort mal die Gegend zeigen wo er aufgewachsen ist. Das kann wohl etwas dauern. Jedenfalls ist Michail spontan nicht verfügbar. Ich kann ihn auch nicht erreichen. In dieser Entfernung sind die Grenzen unserer Telepathie-Fähigkeit erreicht. "Putin wippte mit dem rechten Fuß. „ Es macht mich ganz verrückt, nicht zu wissen was unter Russland vorgeht, "maulte er laut vor sich hin. „ Und über Russland, "ergänzte Miron hämisch. „ Ich kann Sie aber verstehen Herr Putin. "„ Lass dass! Nenn mich nicht Herr Putin! Schließlich kennen wir uns seit deiner Kindheit. "Miron konnte es sich nicht verkneifen. „ Wie denn sonst. Vielleicht Onkel Putin?" „Meinetwegen, wenn es dich glücklich macht. Oder nein, nenn mich einfach Wladimir. "„ Herr Putin, sie kennen mich seit meiner Kindheit aus der Ferne und vom Hörensagen. Ich kenne Sie nicht. Es ist ungewohnt für mich hier so locker mit Ihnen zu plaudern. "„ Nenn mich Wladimir. Ich befehle es dir als dein Präsident! "Miron musste grinsen. „ Ok Onkel Wladimir. "Es wurmte Miron immer noch, dass er seit seiner Kindheit vom FSB, naja besser gesagt von seinem ihm damals noch unbekannten Vater, der damals Leiter des FSB war, heimlich überwacht worden war. Immerzu hatte Miron ein ungutes Gefühl gehabt und sich in seiner Lebensqualität eingeschränkt gefühlt. Als guter Freund seines Vaters war Putin da natürlich mit einbezogen. Und später als Präsident sowieso. Michail Danilow hatte es nur gut gemeint und seinen Sohn protegieren und schützen wollen. Mittlerweile hatte Miron seinen Frieden mit der Vergangenheit gemacht und ein gutes Verhältnis zu seinem Vater und seiner Mutter, die er auch bis vor einem Jahr für Tot gehalten hatte. „ Miron! "begann Putin erneut. „ Du kannst doch Gedanken lesen. Vielleicht kannst Du uns helfen? "Miron wiegelte ab. „ Ich kann nur innerhalb meiner Familie telepathisch kommunizieren. "Putin überlegte einen Augenblick: „ Mmh. Zweiter Versuch. Du kennst doch Dima Bilan ganz gut. ". „ Ja, wir sind Freunde. "„ Ich weiß "sagte Putin und biss sich sogleich auf die Zunge. Er wusste von Danilow, wie sehr Miron noch heute darunter litt, stets überwacht worden zu sein und keinerlei Geheimnisse vor ihm zu haben. „ Also, Dima

Bilan "sprach Putin hastig weiter. „ Der kann auch keine Gedanken lesen, "fiel ihm Miron ins Wort. Gott sei Dank fügte er in Gedanken hinzu. „ Das weiß ich selbst, - wo hält denn der sich gerade auf? "Miron stutzte. Was wollte Wladimir Putin denn plötzlich von Dima? „ Dima ist hier in Moskau. Er dreht gerade einen Film für sein neues Video und probt für seine neue Konzerttour. "„ Oh, dass ist gut. Wie stabil ist er denn, dieser Bilan? "Miron nahm endlich einen Schluck von seinem O-Saft. Bevor man ihn nicht mehr frisch nennen konnte. „ Kommt ganz darauf an, was man von ihm verlangt. "Miron konnte sich keinen Reim auf die ganze Fragerei machen. „ Sagen wir mal so: Wie würde er reagieren, wenn man ihn mit einem Geist-Fan konfrontiert? "Pause. „ Miron bist du noch da? "„ Jaaaa, -„ sagte dieser gedehnt. „Ein Geist-Fan? Ist es dass wonach es sich anhört? "„ In der Tat. Wie würde er auf einen Geist reagieren? "„ Mmh. Mal ganz unbescheiden gesagt, Dima ist neben mir der größte Superstar Russlands. Der steckt was weg. Der hat schon ganz andere Sachen erlebt und ist trotzdem auf dem Boden geblieben. "„ Ja stimmt. Mag sein. Nun ja, Miron, wir brauchen Euch wahrscheinlich beide!

Bist du auch in Moskau? "„ Ja, das bin ich. Noch für etwa drei Wochen ". „ Gut. Bis dahin hat es sich entschieden. "„ Ob wir, Dima und ich gebraucht werden? "„ Nein! Viel schlimmer! Kein Wort zu niemandem! Wir melden uns wieder bei dir. "Miron vernahm daraufhin nicht einmal ein Rauschen oder Knacken in der Leitung. Gut Präsident zu sein´ dachte er ironisch. Dann verfügt man wenigstens über eine abhörsichere Leitung. Miron erinnerte sich plötzlich daran, dass sein Vater ihm sein Smartphone überlassen hatte, für den Fall, dass dringende Anrufe eingingen. Miron ging in sein Arbeitszimmer und fischte das Handy seines Vaters aus einer Schublade. Er stellte es an und gab den Code ein. Er staunte nicht schlecht. 55 Sprachnachrichten. Er hörte sie ab und erstarrte. Neben Putin wollte Jemand noch jemand anderes seinen Vater sehr dringend sprechen und dieser Jemand wurde mit der Anzahl der Anrufe immer gereizter. „ Danilow verdammt, Milford hier. Ignorieren Sie mich nicht länger. Rufen Sie endlich zurück! Es ist sehr dringend. "War einer der letzten Aufzeichnungen. Also, Milford, dachte Miron, der auch schon einmal, telefonisch, dessen Bekanntschaft gemacht hatte. Kein Wunder dass Putin auf glühenenden Kohlen saß. Mit Milford war nicht gut Kirschen essen. Dieser hatte erst letztes Jahr seine Mutter entführt, um ihn, Miron zu erpressen. Nun war Miron doch etwas beunruhigt.

Ariane erinnert sich an Mad Lissy

Ariane war verzweifelt. Seit einer Ewigkeit schlief Kassandra nicht mehr. So konnte Ariane nicht mehr mit Sascha kommunizieren. Zudem flößte ihr der hier herumtobende Dämon Respekt ein. Keine Angst. Nein, sie wusste sie durfte keine Angst haben, denn damit ernährte sie den Dämon. Angst und Horror machten ihn nur stärker. Aber Respekt haben durfte man. Ariane schaute sich in dem Arbeitszimmer in dem die Geheimdienstleute arbeiteten um. Sie sah wie sie an Computern und seltsam anmutenden Geräten, die Ariane nicht kannte, arbeiteten. Ein riesiges Tonband erregte ihre Aufmerksamkeit. Was stellten sie damit an? Zeichneten sie damit ihre Gespräche auf, die sie durch Kassandra mit Sascha führte? Ariane musste plötzlich an ihre seltsame Tante Elisabeth denke. Alle in der Familie nannten sie nur die verrückte Lissy, weil sie so komische Ansichten hatte. Sie beschäftigte sich mit Prophezeiungen, Karten legen und mit der Kommunikation mit Toten. Dazu benutzte sie ein Tonband. Sie ließ den Wasserhahn laufen oder erzeugte andere Geräusche, stellte eine Frage an den Toten, mit dem sie reden wollte und ließ währenddessen das Tonband laufen. Ariane war als Kind selbst dabei gewesen. Die Tante hatte ein ganz neues, in Folie eingeschweißtes, Tonband benutzt und ihre Fragen ins Leere hinein gestell und dann einige Zeit gewartet. Beim Abhören waren dann tatsächlich statt der Geräusche, die sie produzierte hatten, menschliche Stimmen vom Band zu hören. Einmal erkannte sie ihren Opa, der vor Jahren schon verstorben war. Seine Stimme war deutlich zu hören. Ariane fragte sich, ob sie das Tonband des FSB benutzen könnte, um mit den Männern zu kommunizieren. Dazu mussten sie es aber erst einmal benutzen. Wie sagte Tante Lissy immer? Der Geist herrscht über die Materie. Jeder Mensch und jeder Geist sei zu viel mehr fähig, als ihm anerzogen worden sei. Das Sprichwort: Der Glaube versetzt Berge sei keine Metapher, sondern eine Tatsache. Ariane studierte das Tonbandgerät sehr genau. Sie erkannte den Startknopf und konzentrierte sich intensiv darauf. Sie wünschte sich von ganzem Herzen, dass sich der Powerknopf absenkte. Aber es tat sich nichts. Ariane war ratlos. Sie versuchte e simmer wieder, aber es wollte ihr einfach nicht gelingen. Dann überkam sie eine unbändige Wut auf ihren körperlosen Zustand, auf ihr Schicksal auf alles war ihr zugestoßen war und am allermeisten über das verpasste Konzert mit Dima Bilan. Die so energetisch aufgeladenen Emotionen entluden sich in der Aufnahmetaste des Tonbandgerätes an welchem nun die Bänder rotierten. Die Männer an den Computern drehten sich überrascht danach um. Ariane nutze ihre Chance in sekundenschnelle.

Miron hat eine Information

Miron brauchte eine Weile, bis er das System seines Vaters durchschaut hatte. Dieser hatte alle wichtigen Telefonnummern zwar auf dem Smartphone, die dazugehörigen Namen und Institutionen aber Codiert. Er brauchte 3 Stunden bis er die richtige Nummer herausgefunden hatte, unter der er Präsident Putin erreichen konnte. Dieser hatte sich zunächst höchst erfreut gezeigt, dachte er doch, sein Freund Michail Danilow rufe ihn an. Schließlich sah er dessen Nummer im Display. Ganz der Profi hatte er sich die Enttäuschung, Miron am Telefon zu haben, dann aber nicht anmerken lassen. Putin ließ sich von Miron berichten, dass Dragon Milford verzweifelt versuchte, mit ihnen in Kontakt zu kommen. Der hat uns gerade noch gefehlt. dachte Wladimir Puitn. Als ob wir gerade noch nicht genug Ärger am Hals hätten.

Ein halbfreundlicher Dämon

Kassandra konnte ihre Augen kaum noch auf halten. Drei Tage und drei Nächte war sie nun schon wach. Die ersten 24 Stunden hatte sie noch recht zuversichtlich verbracht. Sie war sogar in einem Stimmungshoch. Sascha hatte ihr erklärt, dass das an den Dopamin-Ausschüttungen des Gehirns lag. Am zweiten Tag hatte die Wirkung des Dopamins leider schon nachgelassen und sie war sehr müde gewesen. Immer wieder hatte man sie aufgemuntert und abgelenkt. Das Zimmer war hell, ja grell erleuchtet um die Melantoninproduktion, die den Schlaf herbei führte, zu unterdrücken. Auch lief ununterbrochen laute Musik, sofern sie ihre Bewacher und Sascha sie nicht durch ihre Mätzchen ablenkten. An Kartenspielen oder lesen war schon gar nicht mehr zu denken. Sie war nicht in der Lage, sich zu konzentrieren. Nun am dritten Tag zitterte sie am ganzen Körper. Es kam ihr vor, als hätte sie Schüttelfrost. Ihr war schwindelig und sie fühlte sich körperlich erschöpft. Immer wieder ließen ihre Begleiter sie in dem Zimmer umhergehen. Die Fenster wurden oft geöffnet, um Frischluft hinein zu lassen was angesichts der anhaltenden Hitze des Sommers gar nicht so einfach war. Wenigstens gab es hier eine Klimaanlage. Sascha ruhte sich immer nur wenige Stunden am Stück hier im Gebäude aus. Er wollte ihr so viel wie möglich beistehen. Auch der Geheimdienst-Chef Alexander Rekowski und natürlich Sergey wichen ihr kaum von der Seite. Sie mochte die drei Männer und vertraute ihnen. Auch wenn es ihr peinlich war, dass sie die Toilettentür immer angelehnt lassen musste, falls sie doch wegschlummerte. Immer wieder wischte sie mit den Händen über ihre Augen. Sie sah dort Spinnweben und es machte sie schier verrückt. Das Zittern war ihr lästig. Naja, dass hielt sie aber zumindest erst einmal munter. Ihre Zähne klapperten aufeinander. Julia, die Krankenschwester, öffnete zwei Fenster weit. „Komm, geh ein bisschen umher. Dass wird dir helfen. Ich stütze dich. "Sagte sie sanft, ergriff Kassandras rechten Oberarm und führte sie umher. Kassandra folgte widerwillig. Ihr fehlte die Kraft sich zu wehren. Sie sehnte sich nach dem kleinen Bruder des Todes. Dem Schlaf.

Gleichzeitig fühlte sie eine tiefe Furcht in sich.
Was, wenn ich einschlafe und der Dämon von
mir Besitz ergreift? dachte sie verzagt. Sie
glaubte seinen Atem bereits in ihrem Nacken zu
spüren. Sie schüttelte Julias Hand ab und ging
alleine auf und ab. Julia zog sich zurück.
Überhaupt schienen alle hier, die sich um sie
kümmerten, ihre Gedanken und Emotionen
lesen zu können und gingen jeweils
dementsprechend auf sie ein. Der Dämon, er
wartete auf eine Nachlässigkeit. Kassandra
spürte es. Er war bereit. Oder war es eine SIE?
Hatten Dämonen überhaupt Geschlechter? Sie
vernahm ein tiefes Grollen in ihrem Hinterkopf.
War er oder sie es? Kassandra beschloss, dass es
ein männlicher Dämon war. Sie empfand ein
dumpfes Lachen in in ihrem Kopf. Ja, wahrlich,
er lachte. War er ihr schon so nahe? Er machte
sich über sie und ihre Anstrengungen ihm
auszuweichen lustig. Sollte sie es Sascha sagen?
Was würden Sie mit ihr machen? Schweig Süße!
Werde ruhiger. Gibt dich dem ersehnten Schlaf
hin. Gib dich mir hin. Es hat doch sowieso alles
keinen Zweck. Irgendwann wirst du ohnehin
einschlafen. Warum nur quälst du dich so?
säuselte eine durchaus angenehme Stimme in

ihrem Kopf. Kassandra schüttelte heftig mit ihrem Kopf. Sie werden mich töten, wenn du in mir wütest. Stieg sie in die Konversation ein. Wer sagt denn, dass ich in dir wüte? Antwortete das dämonische Wesen. Es wird sich ganz normal für dich und die da draußen anfühlen. Wir werden gar nicht auffallen. Waren das nun weitere Halluzinationen? Wahnvorstellungen? Oder war er ihr wirklich schon so nahe gekommen? Dieses Böse. Das Böse. Kassandra fröstelte immer noch trotz der heißen Außentemperaturen und schlang ihre Arme um ihren Oberkörper. Sascha beobachtete sie und hob fragend die Augenbrauen. Kassandra blieb an seinem Schreibtisch stehen und blickte auf die Tischplatte. Sascha schrieb etwas auf einen Zettel und drehte ihn so, dass Kassandra ihn lesen konnte. KOMMUNIZIEREN SIE MIT IHM, WIE HEISST ER? Stand darauf. Kassandra ließ mutlos die Schultern hängen. Dann drückte sie entschlossen ihren Rücken durch, konzentrierte sich auf die weiße Wand vor sich und dachte: Na gut, falls du keine Halluzination bist, wie heißt du? Mit wem habe ich es zu tun? Die Atmosphäre um sie herum schien sich zu entspannen. Der Druck in ihrem Kopf ließ nach.

Die Spinnweben verwehten im Irgendwo und störten sie nicht mehr. Was nützt dir mein Name Süße? Trotz ihrer Erschöpfung erwachte ihr Kampfgeist. Und was hatte sie schon zu verlieren? So oder so wandelte sie auf schmalen, steinigen Pfaden. Ja! Sie würde kämpfen! Und zwar auf der richtigen Seite. Hör zu dachte sie resolut dem dämonischen Wesen zugewandt. Nenn mich nicht Süße! Du willst was von mir und nicht umgekehrt. Im Gegenteil, du bist mir lästig. Ich will wissen mit wem ich es zu tun habe! Ich will dich ansprechen können. Kassandra setzte sich auf den Stuhl vor Saschas Schreibtisch. Dann grinste Kassandra sardonisch: Wenn du mir deinen richtigen Namen nicht nennst, werde ich dich Engelchen oder Süßer nennen! Es grollte bedrohlich in ihrem Kopf. Sie spürte seine Verärgerung. Überleg es dir, sonst mache ich zu! setzte sie nach und einer plötzlichen Eingebung folgend, stellte sie sich eine helle Lichtkugel um sich herum vor. In der Ferne vernahm sie ein schmerzhaftes Aufbrüllen. Kassandra zwinkerte Sascha zu, der sie fragend ansah. Er bekam ja ihre Zwiesprache mit dem finsteren Wesen und ihre Aktion nicht mit. Aber Kassandra war erleichtert. Sie konnte sich schützen. Jedenfalls für das Erste. Sie musste wach bleiben. Um jeden Preis. Nur so behielt sie wenigstens etwas Kontrolle. Halte durch machte sie sich selbst Mut. Kassandra öffnete sich nun wieder für das dunkle Wesen, dass sich plötzlich etwas zugänglicher zeigte. Nun, wenn du es unbedingt wissen willst, man nennt mich Baalzak und ich wurde heraufbeschworen damit ich und meine Brüder und Schwestern diese Welt beherrschen! Sascha schob ihr wieder einen der Notizzettel zu. NOCH KONTAKT? Stand darauf und Kassandra nickte fast unmerklich in seine Richtung. Baalzak schien die Personen und die stille Kommunikation entweder nicht zu bemerken, oder er ignorierte es aus irgendeinem Grund. Kassandra schrieb den Namen des Dämons auf. Sascha gab den Zettel unmittelbar an Rekowski weiter, der sich nach seinem kleinen Erholungs - Nickerchen leise wieder ins Zimmer geschlichen hatte und jetzt auf seinem Tablet tippte und wischte. Dann zeigte er die dort geschriebene Frage Kassandra. Wer hat euch heraufbeschworen und wo sind deine Brüder und Schwestern (Es gab also auch weibliche Dämonen) nun? Hakte nun bei Baalzak nach. Baalzak schien verwirrt und unwillig. Wer hat Euch auf die Erde eingeladen? Kassandra dachte wieder an das helle schützende Licht, dass sich wieder langsam aus und um sich breitete. Sofort war der Dämon wieder zugänglich. Dumme, uns dienende Menschen waren es. Aber ich finde sie nicht. Wo sind wir hier? Wie heißt dieser Ort? Schweiz? Kassandra lachte laut auf. „ Nein, hier ist Russland, hier bist du sowas von falsch! "sagte sie laut. Rekowski, Julia und Sascha starrten sie an. Russland also, - fuhr Baalzak fort. Also, konnte er auch ihre Stimme vernehmen. Wo ist Russland. Kannst Du mich nach Schweiz bringen? Ein gewisser Milford erwartet mich sehr dringend. Er will einen Vertrag mit uns abschließen. Kassandra hielt die Luft an. Bekam der Dämon mit, dass die hier anwesenden Menschen gegen ihn arbeiteten? Sie wagte sich einen weiteren Schritt vor. „ Es heißt in die Schweiz bringen. Und nicht nach Schweiz. Aber dass ist nicht weiter wichtig. So, so, Milford aus der Schweiz hat euch also gerufen! "Rekowski, der sich wieder seinem Tablet gewidmet hatte, schnellte mit dem Kopf hoch und blickte ungläubig mit offenem Mund in ihre Richtung. Also, kannte er

Milford. „Was ist mit deinen Brüdern und Schwestern? "fuhr sie laut fort. „ Wo sind sie abgeblieben? Sind sie in der Schweiz? "Nein, wohl nicht, sie haben es nicht geschafft. Irgendwas hat den Dimensonsriss geschlossen, durch den wir herab kommen sollten. Nur ich bin durchgekommen. Ich will zu Milford, damit er meine Brüder und Schwestern auch hier herüber holt. Kassandra nickte und gab sich verständnisvoll: „ Dass kann ich verstehen. Wenn ich in so eine fremde Welt käme, wollte ich auch meine Brüder und Schwestern bei mir haben. Und dieser Milford ist in der Schweiz? "Rekowski machte eine Notiz und schob sie Kassandra hin. HERVORRAGEND! SIE MACHEN DAS SEHR GUT! ES HILFT UNS SEHR WEITER! Nun, so wurde es uns berichtet. Kannst du mich dort hin bringen?   Wollte der Dämon wissen. „Nun, wir werden sehen, ob ich dich dorthin bringen kann Baalzak. "Anwortete Kassandra und verzog angewidert das Gesicht, als Sascha ihr das verhasste Guarana-Koffein-Gesöff und 2 Kapseln mit Pervitin zuschob. Schon im zweiten Weltkrieg hatten Soldaten Pervitin geschluckt um ihre Konzentration zu steigern und die Müdigkeit zu bekämpfen, hatte Sascha ihr erklärt. Übelkeit stieg in ihr auf. Tapfer nahm sie die Kapseln mit dem Getränk ein, von dem sie aber nur die Hälfte schaffte. Sie musste ein Würgen unterdrücken. Sie sah, dass Rekowski wild auf seinem Tablet herum wischte. Seine Augen huschten auf der glatten Oberfläche hin und her. Sie hatte wohl schon, aus dem kurzen Gespräch heraus, wertvolle Informationen geliefert. Gut so. Sie wollte endlich schlafen und vor allem frei sein.

Besprechung

Putin kam persönlich zur morgendlichen Besprechung am nächsten Tag. Es hatte zwei Durchbrüche gegeben. Kassandra Mir hatte im Wachzustand mit dem Dämon kommunizieren können. Es war nicht sicher, was dazu führte, dass sie plötzlich im Wachzustand diese telepathische Fähigkeit hatte. Eventuell lag es an den Substanzen die man ihr zuführte, dem Schlafentzug, oder der Dämon konnte mit seinen dunklen Kräften zu ihr durchbrechen. Sie wussten nun seinen Namen und dass Dragon Milford mal wieder dahinter steckte. „ Das passt

", sagte Putin in die Runde. „Mir wurde gestern zugetragen, dass Dragon Milford verzweifelt versucht, mit Michail Danilow in Kontakt zu kommen. Danilow hat letztes Jahr schon Verhandlungen in meinem Auftrag mit Milford geführt. "„ Es gibt noch etwas, "führte Rekowski an. „ Dieses Geistermädchen Ariane, - sie scheint auch über sich hinaus zu wachsen. Sie hat uns eine Botschaft zukommen lassen. "Putin blickte erwartungsvoll in seine Richtung. „ Ariane? Kassandra war die ganze Zeit wach! Kann Kassandra Mir nun auch mit ihr telepathisch kommunizieren? "Rekowski schüttelte den Kopf. „ Nein, - nicht dass ich wüsste. Ariane hat nichts weiter getan, als unsere Tonbandmaschine in Gang zu setzen und ihre Stimme auf den Magnetbändern zu verewigen. "Er tippte auf sein Tablet. Zunächst hörte man Klicken, dann Gemurmel, Tippgeräusche und Geraschel. Normale Bürogeräusche. Dann war ein Rauschen zu hören und daraus kristallisierte sich eine helle Mädchenstimme heraus. „ Ich bin es Ariane. Hier tut sich was. Ich brauche Hilfe. Der Dämon versucht den von euch reparierten Dimensionsriss wieder zu öffnen. Da scheinen wieder feine Risse aufzutreten. Da scheint jetzt so ein blaues flimmerndes Licht durch. Noch kommen die Wesen nicht durch. Beeilt Euch! Macht was! Ich kann es nicht! Und vergesst meine Belohnung nicht! Ich bin ja schon so gespannt. "Die Runde der Männer und Frauen hatte mit Schaudern und Ehrfurcht zugehört. Man, bekam ja nicht alle Tage die Stimme eines Geistes zu hören. „ Warum wurde ich nicht informiert? "fragte Putin harsch. „ Sie waren in Ungarn Herr Präsident. Zudem hatte unser Krisenstab zu jeder Zeit alles im Griff. Wir haben mit unserem Protonenstrahl die Dimensionsnaht weiter verschlossen und verstärkt. Seitdem ist alles Stabil. Wir kontrollieren das strikt. Wir lassen nun, im Stundentakt, immer mal wieder das Tonband laufen und hören es ab, falls Ariane noch einmal etwas WICHTIGES sagt. ". Putin schaute ihn irritiert an. „Etwas wichtiges sagt? "Rekowski nickte grinsend. „ Seit das Mädchen herausgefunden hat, dass es jetzt auch per Tonband mit uns kommunizieren, plappert sie unaufhörlich. Teenager halt. Ihr ist dort drüben langweilig. Und außer uns kann sie nun mal niemand hören. Auch Putin grinste. Er hatte auch zwei Töchter und wusste nur zu gut, was seine Männer sich jetzt für Mädchenphantasien anhören mussten. „ In Ordnung. Gut gemacht. In Zukunft will ich aber über alles informiert werden. Zu jeder Zeit und an jedem Ort. Diese Ariane hat sich ihre Belohnung wirklich redlich verdient. "„ Jetzt bin ich aber Neugierig. Was für eine Belohnung könnte man einem Geistwesen denn machen? "fragte ein Offizier amüsiert. „Das ", – so Putin, „bleibt vorerst mein Geheimnis. Sonst ist es ja keine Überraschung mehr. Man, weiß ja nie wer jetzt gerade lauscht "dabei zwinkerte er mit nach oben schweifendem Blick zur Decke.

„Wie geht es Kassandra Mir? "fragte er dann an Alexander Rekowski gewandt. Der machte ein sorgenvolles Gesicht. „ Sie hält sich wacker und gibt sich die größte Mühe zuversichtlich zu wirken. Sascha Petrow ist sich sicher, dass sie große Angst hat, dies aber vor uns verbergen möchte. Sie ist müde und der Psychiater weiß nicht, wie lange sie noch ohne Halluzinationen bleibt. Sie ist sehr stark. Aber sollte es zu Halluzinationen kommen, werden wir unter Umständen nicht wissen, ob sie real mit dem Dämon kommuniziert, oder halluziniert. Sie ist sehr erschöpft. Das Pervertin können wir nicht unbegrenzt einsetzen." Putin dachte einen Moment nach. „ Ich möchte diese Frau schützen. Und mit dem Dämon kommen wir so auch nicht weiter. Ich denke, - wir sollten sie endlich schlafen lassen. "Entgeisterte Gesichter starrten ihn mit offenen Mündern an.

Die Angst vor dem ersehnten Schlaf

Kassandra war überdreht. Man, hatte ihr bis jetzt Pervertin verabreicht in hohen Mengen. Den fünften Tag in Folge war sie nun wach dank dieses Aufputschmittels. während die Männer des Geheimdienstes und ihre Techniker daran arbeiteten, den Dämon irgendwie außer Gefecht zu setzen. Kassandra war es irgendwie egal. Sie litt unter Schwindel und Übelkeit. In ihrem Kopf rasten die Gedanken, so dass sie kaum noch klar denken konnte. Sie wollte endlich wieder schlafen, damit sich ihr Körper, ihre Seele und ihr Geist regenerieren konnten. Sie fühlte sich erschöpft und aufgekratzt zugleich. Sie ging ans geöffnete Fenster, um frische Luft zu schnappen. Es war Schwül draußen. Sie schloß das Fenster und bat Julia die Klimaanlage anzustellen.

Die Tür öffnete sich. Rekowski und Sascha Petrow traten ein. Rekowski sah sie abschätzend an. Sascha trat lächelnd auf sie zu. „Kassandra, "sprach er sie freundlich an und fasste sie am Oberarm. „Heute darfst du schlafen. "Kassandra sah ihn mit geweiteten Augen an. „ Aber der Dämon! "wandte sie ein. „Kassandra setz dich. Es gibt noch eine Menge zu besprechen. Kassandra setzte sich auf ihr Schlafsofa und schaute ihn erwartungsvoll an. Einerseits lockte sie der Gedanke, in Morpheus Armen zu liegen. Andererseits hatte sie Angst dem Dämon zu begegnen. „ Kassandra, du wirst die ganze Zeit unter unserer Kontrolle stehen und wir werden deine Gesundheit überwachen. Sollte es kritisch werden, werden wir dich wecken. "Kassandra schaute auf ihre Fußspitzen. Sie wirkte abwesend. Was wir dir noch nicht gesagt haben Kassandra, wir stehen mittels einer speziellen Technik mit Ariane in Kontakt. Sie kann uns und dich unterstützten. "Kassandra sah ihn nun überrascht an. Ariane ist noch hier? "„ Oh ja, und sie hat uns noch eimal einen großen Dienst erwiesen." Teilte er ihr kryptisch mit. Er rückte mit seinem Stuhl näher an sie heran. „ Kassandra. Wir möchten dass du mit dem

Dämon kommunizierst. "Kassandra wollte etwas sagen. Aber Sascha hielt sie mit einer abweisenden Gestik auf. „Wir haben hier einen Fragenkatalog. Den gehen wir mit dir durch. Wenn möglich finde soviel wie möglich heraus. "Sascha konnte regelrecht in Kassandras Gesichtszügen lesen wie in einem offenen Buch. „ Ja Kassandra. Wir trauen dir das zu. Es war Putins Idee. Er hält sehr große Stücke auf dich! "Kassandra seufzte, lachte und weinte zugleich. Die Erschöpfung war zu groß und der Erwartungsdruck der sich gerade in ihr aufbaute überforderte sie. Sascha ließ ihr die Zeit, ihre Gefühle und Gedanken zu sortieren. Er setzte sich neben sie und nahm sie in den Arm. Sie weinte nun an seiner Schulter und klammerte sich verzweifelt an ihn. Es dauerte lange, bis sie sich beruhigte und schniefend nach einem Taschentuch verlangte.

„ Es ist gut. Alles wir gut. "Tröstete Sascha sie. „Du schaffst das. Und wenn nicht, macht dir niemand einen Vorwurf. Niemand außer dir wird Kontakt zu Baalzak bekommen können. Du hast ja schon mit ihm gesprochen. Und wenn es kritisch wird, holen wir dich zurück. Beachte auf keinen Fall unsere Freundin." Dabei hob er die

Augen gen Decke. "Sie möchte nicht dass unser neuer "Freund" auf sie aufmerksam wird. Sie konnte sich ihm bislang entziehen. Sie hat uns ihre Beobachtungen geschildert, aber wir kommen nur weiter, wenn du mit Baalzak Kontakt aufnimmst. Hab keine Angst. Wir treten auf der Stelle und können dich auch nicht ewig wachhalten. Uns ist es lieber, dich jetzt kontrolliert schlafen zu lassen, als wenn später alles aus dem Ruder läuft. "

Kassandra fühlte eine schwere Last auf ihren Schultern und sank förmlich in sich zusammen. Das Denken fiel ihr schwer. „Ich kann nicht Sascha ", gab sie ermattet von sich. „ Ich kann ja nicht mal mehr klar denken. Wie soll ich mich dann einem Dämon stellen, der die Welt beherrschen will? "Sascha lächelte milde. „ Wenn du schläfst, wenn sich deine Seele von deinem Körper löst und frei schwebt, wirst du klar denken können. Zunächst während deiner Tiefschlafphase werden wir nicht viel mitbekommen. Wir bauen auf "unsere Freundin" und ihre Übermittlungen. Wir wissen alle nicht wie es ausgehen wird. Aber wie bisher kann es ja auch nicht weitergehen. "Kassandra straffte ihre Schultern. Sie spürte einen

Adrenalinschub und fühlte sich nun wieder munterer. „ Ich bin so aufgedreht. Ich glaube ich kann nun gar nicht mehr schlafen. "Gab sie zu bedenken. "„ Ich werde dich in den Schlaf führen. Ich bin schließlich auch Hypnose - Therapeut, "gab Sascha zu bedenken. „Hier, lies dir die Fragen durch. Alexander wird dir das Eine oder Andere noch erklären. "Wie auf das Stichwort trat Rekowski an sie heran. Sie besprachen den Fragenkatalog und er gab ihr noch einige Instruktionen und ermutigende Worte mit auf den Weg.

Kassandra spürte ihren Puls bis zum Hals. Sie glaubte nicht, dass sie jetzt unter dem Erwartungsdruck schlafen konnte. Zudem hatte sie Angst vor dem, was sie erwarten könnte. Noch mehr hatte sie Angst davor, dass der Dämon ihren Körper übernahm und sie nicht mehr darin zurück konnte. Sie lag auf ihrem Schlafsofa und zitterte. Sascha hatte sie warm eingepackt und begann mit seiner warmen sonoren Stimme auf sie einzureden. „ Du bist ganz entspannt. Alle Last des Tages fällt von dir ab. Du atmest tief und ruhig, immer ruhiger. Achte auf deinen Atem. Atme ein und aus. Ein und aus. Immer weiter. Atme. Atme ein und aus... "Nach kurzer Zeit war ihr, als hörte sie ihn nur noch aus weiter Ferne. Ihr war als ob sie bei wachem Bewusstsein ihren Körper verließ und immer höher stieg. Hier war es warm und sie fühlte sich sicher. Sie konnte nun unter sich ihren Körper sehen und Sascha, der neben ihr auf einem Stuhl saß. Er fühlte ihren Puls. Das ist kein Schlaf. Stellte Kassandra nüchtern aber furchtlos fest.

„ Da bist du ja, meine Schöne "grollte es neben ihr. Kassandra zuckte erschrocken zusammen, wie auch immer das ohne Körper funktionierte. Sie nahm eine ziemlich warme, dunkelrot glühende Gestalt neben sich war, die auch nach unten schauen zu schien. „ Ganz schön öde da unten, "stellte die Gestalt trocken fest. Kassandra versuchte einen Abstand zwischen ihnen her zu stellen, aber der Dämon folgte ihr sogleich. „ Wohin willst du denn jetzt gehen, meine Schöne? "„ Ich bin nicht deine Schöne. Lass mich in Ruhe, du hast mir all das eingebrockt! ". „ Ach nun sei doch nicht sauer, ich will doch auch nur leben. "„ Auf meine Kosten? "bemerkte Kassandra und schwebte wieder ein wenig von ihm weg. Es war ungewohnt für sie. Sie wusste nicht, wie man

sich hier bewegte, - wo war sie hier eigentlich? „
Du bist hier in der Zwischenwelt. "Kassandra war
auf der Hut. Baalzak konnte also ihre Gedanken
lesen. War das nur hier so? Sie sah in einiger
Entfernung einen hellen Lichtschein. Ob das?
Lieber nicht dran denken. „ Baalzak! Was willst
du von mir? "Der Dämon schien sie zu studieren.
Kassandra dachte an das Licht und an die alles
liebende göttliche Energie der Quelle allen
Seins. Baalzak grollte schmerzhaft. Lass das
Menschenkind! "„Was denn? „„ Was du gerade
tust. "Kassandra fühlte sich nun sicherer. Sie
konnte sich tatsächlich schützen. „ Baalzak
"sagte sie nun mutiger. „ Warum gehst du nicht
dorthin, wo du hergekommen bist? „„ Sei nicht
frech Mensch. Du weißt ganz genau, dass ich
hier festsitze und nicht vor und zurück kann. Das
heißt, es gibt für mich nur einen Weg. Ich muss
auf die Erde, wenn ich hier, in dieser trüben
Zwischenwelt, nicht versauern will. „„ Warum
gehst du nicht zu Jenen, die dich hergerufen
haben? "Sie erhielt ein Schnaufen zur Antwort.
"Nun? „„ Es steht dir nicht zu, so mit mir zu
reden! "Blaffte Baalzak Kassandra an. Kassandra
wunderte sich über die Klarheit ihrer Gedanken.
Sie hatte keinerlei Angst. Sie fühlte sich nicht nur

sicher, sondern dem Dämon auch überlegen. Sie konnte sich das selbst nicht erklären. Sie fühlte sich in gewisser Weise geführt. „Baalzak, "versuchte sie es in sanfter Art und Weise. „ Ich weiß du bist von deinen Freunden und von deiner Welt abgeschnitten. Wir werden das Portal nicht für dich öffnen. Denn dass würde eine Invasion Eurerseits in unsere Welt bedeuten. Ich denke, du verstehst, warum wir das nicht möchten. "Baalzak schien höhnisch zu grinsen. Jedenfalls erhellte sich seine Aura ein klein bisschen und die Wärme die von ihm ausging nahm etwas zu. „ Ich will in eure Welt. Da kann man definitiv mehr Spaß haben als hier. "„Nochmal. Und ich mache dich darauf aufmerksam, dass du etwas von uns möchtest. Deshalb solltest du auch mit uns kooperieren, damit wir dir entgegenkommen. Wir haben Euch nicht gerufen. Und um auf die Erde zu gelangen, musst du eingeladen werden. Den freien Willen der Menschen, der uns gemäß den Naturgesetzen zugestanden wurde, darf niemand ungestraft umgehen. Also, - warum gehst du nicht zu jenen, die euch gerufen haben? "Baalzak begann vor ihr auf und ab zu schweben. „Ich weiß nicht wer und wo die sind.

Wir hatten Kontakt über ein Signal, welchem wir folgen sollten. Jetzt ist es nicht mehr da. "„ Und wenn es dir nun erlaubt würde, zu uns auf die Erde in Russland zu kommen. Was gedenkst du dann zu tun? Was erwartest du? "Baalzak schnalzte. „ Oh, ich würde mich ergötzen an den Energien. "„ Energien? Was für Energien? "fragte Kassandra ratlos nach. „ Hassenergie, Gewaltenergie, Sexenergie, Fluchengergie, Trauerengerie. All das geile Zeugs. Das ist wie eine Droge für uns. Das putscht uns auf. Darum stiften wir so gerne Unruhe unter den verkörperten Wesen, die es ja nicht nur auf der Erde gibt. Bist du jetzt schockiert? "Kassandra fühlte sich lächeln, sofern das körperlos überhaupt ging. „ Nein. Natürlich nicht. Wenn das eure Nahrung ist. Von irgendetwas muss ja auch ein Dämon leben. Nicht wahr? "Baalzak knurrte wieder. „Sei nicht so verständnisvoll, dass behagt mir nicht "Aha! Freundlichkeit, Verständnis, Liebe, Mitleid. Das behagte dem werten Herrn Dämon nicht. Gut zu wissen. Hatte sie also instinktiv das richtige getan. „Nun, -„ lenkte Baalzak ein. „ Wenn ich auf der Erde leben will, dann muss ich mich wohl euch Menschen anpassen. Und dass will ich auch tun.

Ich bin sicher, dass auch ich lernen kann. Ich würde mich verpflichten, mich nur an jene Seelen zu hängen, die ohnehin schon von Grund auf böse sind und mich von ihnen ernähren. Ich würde versuchen keine Menschen zu verführen, oder sie in eine Depression zu führen.
"Kassandra wusste um seine Lüge, um sein Ziel zu erreichen. „Wenn du das wirklich ehrlich meinst Baalzak, "antwortete sie ihm, „will ich gerne ein gutes Wort für dich bei Präsident Putin einlegen. Ich glaube er hat einen Faible für außergewöhnliche Wesenheiten wie dich. Aber eins noch. Benutze niemals meinen leiblichen Körper! "Baalzak schien amüsiert. „ Es kann aber sein, dass ich ihn benutzen muss um auf die Erde zu kommen. Anders geht es nicht. Aber gut. Wir warden uns schon noch einigen. "
Kassandra fühlte sich plötzlich zu ihrem Körper hingezogen und schwebte ihm langsam entgegen. „ Komm bald zurück Süße! "rief ihr Baalzak nach. „Dann reden wir noch ein bisschen. Mir ist hier ungemein langweilig. "

Nebenwirkungen

Alexander Rekowski trat zu Sascha Petrow, der mit besorgter Mine an Kassandras Bett saß. „ Die Vitalwerte sind in Ordnung. Sie scheint friedlich zu schlafen. "Sagte dieser zu Rekowski gewandt. Der zog die Augenbrauen hoch. „ Schade dass wir sie noch nicht wecken können. Ariane hat uns die Begegnung aus der Ferne geschildert. Leider weiß sie nicht, was Kassandra und der Dämon miteinander besprochen haben. Ariane sagte, dass Kassandra wieder in ihren Körper geschwebt sei. Gönnen wir ihr den Schlaf, damit sich ihr Körper erholen kann. Wer weiß, ob sie nochmals längere Perioden wach bleiben muss. "„ Wie geht es Ariane? "fragte Sascha. „ Sie macht sich nach wie vor Sorgen um ihren Vater, weil sie ihn nicht findet. Außerdem hat sie ihrem Schwarm Dima Bilan einen oder mehrere Besuche abgestattet. Es betrübt sie, dass er sie nicht wahrnimmt. Zudem fühlt sie sich, Gott sei Dank, verpflichtet uns hier weiter zu unterstützten. Aber meistens redet sie über diesen Showstar und seine Musik und Hobbies usw. "„Es ist schon seltsam, dass sie im Jenseits noch so weltliche Interessen hat "sinnierte

Sascha. „ Vielleicht ist sie so was wie ein Erdgebundener Geist. "Meinte Rekowski lapidar. „ Jedenfalls bin ich auch bald ein Dima-Bilan – Experte, wenn das hier noch länger andauert. "

Kassandra öffnete die Augen. Sergej saß an ihrem Bett und las in einem Buch. Plötzlich überkam sie ein Hustenanfall. Ihr war als ob sie Rauch in den Lungen hätte. Sergej erschrak, half ihr dann aber schnell in eine sitzende Position. Sascha und Julia stürzten aus dem Nebenzimmer herein. Julia holte schnell ein Glas Wasser und Sascha redete beruhigend auf Kassandra ein. Dankbar trank sie das angebotene Wasser. Alexander Rekowski reichte ihr ein Glas mit einer schwarzen zähen Flüssigkeit. „ Hier, trink das. "Kritiklos nahm sie das Glas und würgte das Liquid Schluck für Schluck herunter. Schnell setze eine Wirkung ein. Fragend sah sie ihn an. „Nur Kohlekompretten. Aber wirksam. - Wir waren nach unseren parapsychologischen Studien auf so eine Reaktion vorbereitet. Es kann auch noch zu… "Kassandra sprang wie von einer Tarantel gestochen auf und rannte zum

WC. … "Durchfall kommen. "Vollendete
Alexander grinsend seinen Satz.

Einige Zeit später kam sie zurück. „Hast Du Dich
auch übergeben? "fragte Rekowski. Kassandra
schüttelte den Kopf und fuhr sich mit der Hand
über die Stirn. „Ich habe jetzt einen
Riesenhunger ", sagte sie. „Das war gerade ein
Reinigungsprozess "antwortete Alexander. „
Und dass du jetzt Hunger hast, ist auch kein
Wunder. Was möchtest Du denn Essen? "„ Ich
habe Appetit auf eine große Pizza mit
Champignons, Artischocken Tomaten und
Zwiebeln und einen großen Salat. "„ Ihr Wunsch
ist uns Befehl Mylady! "Rekowski verbeugte sich
formvollendet vor ihr. „ Sonst noch Wünsche bei
den Anderen? "Sascha und Julia bestellten sich
auch Pizza mit Salat. Kassandra nahm sich ein
Glas und ging damit zum Wasserhahn. Drei Mal
hintereinander füllte sie es erneut und trank es
jeweils völlig leer. Sie seufzte zufrieden. „Wie
lange habe ich geschlafen? "wollte Kassandra
wissen und blickte auf ihre Armbanduhr. „ Was?
Nur 2 Stunden? Ich fühle mich aber richtig
ausgeruht und fit! "Sascha grinste. „Du lagst 26
Stunden in Morpheus Armen meine Liebe. Kein
Wunder dass du so ausgehungert und

ausgedurstet bist. Und wir können es nicht abwarten, was du uns zu berichten hast. "Kassandra zuckte fragend mit den Schultern. „Dein Gespräch mit dem Dämon! Ich hoffe Du hast keine Amnesie! ". Ihre Mimik hellte sich auf. „Ach so- das! - Nö, ich glaube ich kann ein Gesprächsprotokoll abgegeben. −Aber erst will ich Essen. "Sie grinste ihn an. Wurde dann aber gleich wieder ernst, ob der Erinnerungen die sie überkamen.

Beim gemeinsamen Essen berichtete Kassandra dem Team alles was sie mit Baalzack besprochen hatte. Rekowski hatte ein kleines Aufnahmegerät auf den Tisch gestellt, um das Gespräch aufzuzeichnen.

„Er sagt er will hier unter den Menschen leben, ganz normal- halt nur seiner Dämonennatur entsprechend." Beendete Kassandra schließlich ihren Bericht. "Vielleicht... "Kassandra stockte. Sie musste damit rechnen, dass Baalzak jedes Wort mithörte. Sie hoffte ihre Gedanken gegen ihn ausreichend ablocken zu können. Es fühlte sich eklig an, jederzeit von einem unsichtbaren Wesen beobachtet und abgehört zu werden. Sie versuchte ihr Gehirn mit trivialen Gedanken zu füllen. Mit Geschichten und Liedern von und mit

Miron Schukow zum Beispiel. „Vielleicht was? "holte sie Alexander aus ihren Gedankengängen. „ Ach – nichts. "Sie machte eine rasche Augenbewegung nach oben. Rekowskis Mimik drückte ein Verstehen aus. „Ja, - vielleicht was? "hakte Sascha nach, der die stille Konversation zwischen Kassandra und Alexander nicht mitbekommen hatte. „ Vielleicht sollte man ihm das ermöglichen. - Hier auf der Erde zu leben." Schwenkte sie um. "Dann, - dann hätten wir ihn auch unter Kontrolle. Hier unten gelten unsere Regeln. "Rang sich Kassandra doch zu einer Aussage durch und verdrehte jetzt auffälliger die Augen gen Decke, so dass auch Sascha Petrow endlich verstand und einen mutmaßlichen Zuhörer in Betracht ziehen konnte. „- Jaaa- „ sagte dieser gedehnt. „ Keine schlechte Idee. Diesen Vorschlag sollten wird Präsident Putin machen. Natürlich müsste Baalzak sich dann an menschliche Gesetze halten. "– Rekowski nickte. „ Da müssten wir einen exakten Vertrag aushandeln. "Alle in der Runde nickten. Dann stand Rekowski auf: „ Den Abwasch überlasse ich Euch. Ich werde dem Präsidenten Baalzak´s Begehren vortragen. "

Am Ziel seiner Träume

Baalzak grunzte zufrieden. Diese Menschenfrau war gut zu gebrauchen. Sie half ihm seinen Plan umzusetzen. Diese Männer hatten tatsächlich seinen Köder geschluckt. Hach, wenn doch nur seine Kumpels ihn jetzt in Aktion erleben könnten. „Baalzak, du bist nur ein Fisch, -. du bringst es alleine nicht. - Ohne uns bist du aufgeschmissen. ... "Und was hatten sie ihm nicht sonst noch alles an den Kopf geschmissen. Und jetzt? Er war als Einziger durch den Dimensionsriss geschlüpft. Und er verhandelte mit den Menschen, damit sie ihn freiwillig auf die Erde ließen und ihm Rechte einrichteten die es ihm erlaubten, zu schalten und zu walten, wie es ihm beliebte. Jetzt musste nur noch dieser Präsident von Russland dem ganzen Zustimmen und ihn einladen. Dann konnte er, der ewig in der Dämonenwelt als Versager hingestellte Baalzak die ganze Welt beherrschen. Gut ein Weilchen würde es wohl dauern, um die ganzen Intrigen zu spinnen und die richtigen Handlanger zu finden. Am Anfang müsste er sich ruhig und kooperativ verhalten, damit die Menschen keinen Verdacht schöpften. Dann konnte er Kontakte in die Schweiz knüpfen, um seine Dämonenfreunde her zu holen. Vielleicht würde er aber auch gleich unter den Menschen aufräumen um die von Natur aus bösen Seelen auf seine Seite der Macht zu bekommen. Das hatte er noch nicht entschieden. Aber ach was würden ihn seine Kumpels bewundern. Baalzak konnte sich gar nicht mehr einkriegen vor Freude. Dann wurde seine Aufmerksamkeit plötzlich auf einen hellen, sich bewegenden Punkt in der Ferne gelenkt. Der war ihm schon öfters aufgefallen. Was konnte dass nur sein?

Im Bann des Dämonen

Ariane träumte vor sich hin. Kassandra war wach und zum Plaudern am Tonband hatte sie keine Lust. Gerade dachte sie an Dima und wollte flugs zu ihm hin schweben, als eine eiskalte Klaue nach ihr griff. „Wen haben wir denn da? "fragte Baalzak amüsiert. „ Dich würde ich ja gerne zum Frühstück verspeisen. Leider ist mir das nicht gestattet. Noch nicht. "Ariane schrumpfte, wenn das als Geist überhaupt möglich war, in sich zusammen. Sie konnte sich nicht bewegen. Sie dachte ganz doll an Dima, um sich zu ihm hin zu katapultieren. Oder doch lieber nicht, was wenn der Dämon sich dann an Dima hängte. An ihre Mutter und Geschwister durfte sie nun aus demselben Grund auch nicht denken. Sie versuchte es mit dem Schauspieler Fjodor Karkarow. Den mochte sie nicht. Den konnte der Dämon ruhig fressen. Aber sie kam nicht vom Fleck. Baalzak lachte höhnisch. „Du kommst hier nicht weg, wenn ich es nicht will. "Ariane versuchte sich zu entspannen. Der Dämon hatte gesagt, er dürfe sie nicht fressen. Also, war sie sicher? „ Was willst du von mir? "wagte sie sich mutig vor. Baalzak ließ sie los. Aber sie konnte sich noch immer nicht rühren. Es war, als ob sie an Ort und Stelle festklebte. „Was tust du hier? Spionieren? Das wirst du auf der Stelle bleiben lassen. "„Warum sollte ich? "antwortete Ariane in Teenager-Manier trotzig, anstatt es abzustreiten. „Weil ich dich banne. Du bleibst hier und rührst dich nicht, bis ich dich wieder freilasse, oder auch nicht. Und jetzt schnappe ich mir Kassandra als Druckmittel. Das dauert mir hier alles zu lange. "befand Baalzak und bewegte sich zügig von ihr weg. Ariane schaute ihm perplex hinterher. Dann wollte sie sich wieder den Tonbändern zuwenden, um de FSB zu warnen. Aber, so sehr sie es auch versuchte, sie konnte sich weder vom Fleck weg bewegen, noch per Gedankenkraft die Tonbänder besprechen.

Ein hinterhältiger Überfall

Sascha Petrow und Kassandra saßen in der kleinen Küche am Tisch und aßen Spaghetti al funghi, als Alexander Rekowski zur Tür herein kam. „ Mmmh. „ sagte er und schnüffelte mit seiner Nase. „ Habe ich doch richtig gerochen. "– Kassandra wies, mit vollem Mund, mit einer Hand zur Küchenzeile und bedeutete ihm, sich auch eine Portion zu nehmen. Dass ließ Alexander sich nicht zwei Mal sagen. Er nahm einen tiefen Teller aus dem Schrank und schaufelte sich eine ordentliche Portion Spaghetti und von der Pilzsahnesoße darauf. „Rieche ich einen Hauch Knoblauch? - Da wird meine Frau sich ja freuen. "„Bis du die wieder zu sehen bekommst, ist die Knoblauffahne schon 10 wieder verflogen, "frotzelte Sascha. „ Stimmt, "meinte Alexander. „ An ein richtiges Eheleben ist beim Geheimdienst nicht zu denken. Gott sei Dank ist sie eine sehr geduldige und verständnisvolle Frau. "Alexander nahm einen Bissen und kaute. „ Mmh. "Meinte er dann. „Wenn du mir das Rezept gibst, kann ich vielleicht einiges bei ihr wieder gutmachen. "„ Na klar! "meinte Kassandra und beugte sich, die langen Spaghetti genüsslich einsaugend, über den Teller. „Gibt es etwas Neues von der Dämonenfront? "fragte sie schmatzend. „ Rekowski zuckte mit den Achseln, während er mit der Gabel die Spaghetti in einem Löffel aufdrehte. „ Das ist Geheim. "Meinte er. „ Aber es kann wohl noch etwas dauern. Wir beraten noch, wie es weitergehen soll. "Kassandra verzog das Gesicht. „ Ich hoffe dass wir hier bald mal zum Schluss kommen. Ich fühle mich überhaupt nicht wohl mit dem ständigen Damoklesschwert über meinem Haupt, - so viel Mühe ihr euch auch alle gebt. Ich will mein Leben zurück haben. "„ Kann ich verstehen "murmelte Rekowski. „ Aber mach dir keine Sorgen. Unser Anfangsszenario, ich meine dich im Fall der Fälle zu opfern, ist längst vom Tisch. Putin hat einen Narren an dir gefressen. Er wird nicht zulassen, dass dir etwas geschieht. Wir arbeiten fieberhaft an einer akzeptablen Lösung für uns alle… "Alexander machte eine Pause und setzte dann hinzu: „ Einschließlich des Dämons "Seine Augen huschten unwillkürlich zur Decke. Schnell schaute er Sascha und Kassandra nacheinander an, schaufelte sich erneut eine Portion Nudeln in den Mund, kaute langsam und nachsinnend und setzte dann leise und verschwörerisch hinzu: „ Putin ist ja geneigt, den Dämon in Russland einzubürgern. Aber er muss alle Eventualitäten genau abwägen. Und was wird das Volk sagen? Das müssen wir auch langsam darauf vorbereiten. "Sascha und Kassandra starrten ihn mit großen Augen und offenen Mündern, die Gabeln jeweils in der Luft verharrend, an. Rekowski zwinkerte ihnen zu und schielte wieder nach oben. Kassandra holte tief Luft. „ Wenn Putin das macht dann… "Mitten im Satz verdrehte sie die Augen und sackte leblos in sich zusammen.

In Gefangenschaft

Kassandra war wütend, konnte sich aber nicht rühren.' „Was soll das? "fauchte sie Baalzak an, der gefühlt vor ihr schwebte. „ Nun, - meine Liebe "hob Baalzak an, „ Ich wollte das ganze ein wenig abkürzen. Mir ist langweilig und du hast selbst gesagt, dass du dein altes Leben wieder haben willst. Nun, - durch diese Aktion beschleunigen wir den ganzen Vorgang ein wenig. So schwer kann doch eine Einbürgerung nicht sein. Schließlich ist der Präsident allmächtig. Er kann alleine bestimmen. Und da er einen Narren an dir gefressen hat, wie sein Lakai soeben berichtete, wird er jetzt alles in die Wege leiten. "Baalzak rieb sich die Klauen. „Ich schau mal nach was die da unten so treiben. Derweil habe ich hier eine kleine Ablenkung für dich. "Vor ihr erschien eine hellrosa flackernde schwach umrissene Figur. Der Dämon entfleuchte ihrer Wahrnehmung. Nach einer Weile fragte Kassandra: „Ariane, - bist du das? "Der Figur entfuhr gedämpft so etwas wie ein gefühlter Seufzer. „ Mmmh "kam es dann zurück. „Kannst du dich auch nicht bewegen? "„ Nein, - er hat mich überrascht und mit einem

Bann belegt, wie er mir sagte. Aber er darf mich nicht fressen. Noch nicht. Hat er jedenfalls gesagt. Ich habe so Angst und dabei weiß ich doch, dass gerade Angst das falscheste ist, was ich haben sollte. "„ Pscht. "Versuchte Kassandra Ariane zu beruhigen. "Ich kann mich auch nicht bewegen. Aber wir finden einen Ausweg. Putin und das ganze Team sind so tolle Menschen. Sie werden uns helfen. "Ariane schüttelte gefühlt den nicht mehr vorhandenen Kopf. „ Dir werden sie helfen. Du hast noch deinen Körper. Wie sollen sie wohl einem Geist helfen, der unter einem Bann steht? - Bist Du mir böse? "Fragte sie dann unvermittelt. „ Warum sollte ich dir böse sein Ariane? "Es entstand eine Pause. „Weil ich dich im Schlaf benutzt habe. Außerdem habe ich in deiner Akasha-Chronik herumgeschnüffelt. "fuhr sich mit ihrer Beichte fort. Am besten alles in einem Abwasch abarbeiten. Dass war gut für das Karma. Kassandra lächelte in sich hinein und gleich fühlte sie sich ein wenig wohler und freier ob des herzerwärmenden Gefühls, welches sie nun für Ariane empfand. „ Ich bin dir nicht böse. Und nun höre bitte auf mit Angst haben und entspann dich. Ich glaube der Bann ist nur bei negativen Gefühlen wirksam. Ich konnte mich gerade ein wenig lockern. Schau! "Ariane sah, wie Kassandra heller leuchtete und ein wenig hin und her schwankte. Das freute sie und plötzlich konnte auch sie sich etwas bewegen. Die Frauenseelen fuhren fort, sich gegenseitig Mut zu zusprechen.

Ein Gespräch mit Freunden und Feinden

„Sie hat noch Puls und zwar regelmäßig "sagte Sascha. „Lass sie uns auf ihr Bett tragen ". Alexander löste mit seinem Handy einen Alarm aus und half Sascha dann, Kassandra auf ihr Bett zu legen. „Was ist passiert? "„ Ich weiß es nicht. Sie scheint komatös zu sein. Aber ihre Vitalzeichen entsprechen der Norm. Es muss mit Baalzak zu tun haben. Vielleicht wollte er nicht mehr warten. "Es rumpelte an der Tür und der Raum füllte sich mit Männern, gehüllt in Kampfmonturen und Maschinengewehren im Anschlag, die sie nun auf Kassandra richteten. Kassandra rührte sich und schlug die Augen auf. „Ihr werdet mich doch nicht erschießen, - nicht wahr? Dann wäre Putin aber stinkend sauer.

Nicht wahr? "Alexander Rekowski blickte sie misstrauisch an. „Kassandra, nicht dass wir dir misstrauen. Aber bitte nenne uns das vereinbarte Codewort. "Es entstand eine Pause. „Teddybär "sagte Kassandra schließlich. „Zufrieden? "Alexander wies die Soldaten an, sich ein paar Meter zurück zu ziehen. „ Natürlich Kassandra. Was ist passiert? Du bist plötzlich umgekippt. Wir haben uns Sorgen um dich gemacht. Komm, setzt dich auf und berichte uns." „ Ich kann mich nicht bewegen," wimmerte Kassandra. "Baalzak hat mich zu sich geholt. Ich soll euch ausrichten, dass er so langsam die Geduld verliert. Ihm ist langweilig. Putin kann doch einfach bestimmen, dass er eingebürgert wird. Er ist doch der Präsident. "„Aber Kassandra. "Begann Alexander. "So einfach ist das nicht. Das weißt du doch. Putin will erst noch einen Vertrag aufsetzen. Und der muss haargenau mit jeder Silbe ausgearbeitet werden. Es gibt für russische Staatsbürger Rechte und auch Pflichten. Und bei einem Dämon wollen wir es doch ganz genau machen. "Kassandra verzog schmerzhaft das Gesicht, als würde sie Qualen durchleiden. „ Baalzak sagt, er wird mich bei sich behalten, bis der Vertrag unterschrieben wird. Außerdem hat er Ariane festgesetzt. Auch sie wird er freilassen, wenn er eingebürgert ist. Er behält uns als Pfand um die Sache ein wenig zu beschleunigen. "Alexander und Sascha sogen die Luft ein. Alexander fasste sich schnell wieder. „ Ich werde es Putin ausrichten. Nur leider ist er gerade in Amerika und trifft sich mit dem amerikanischen Präsidenten. Ein Präsident hat nun mal Verpflichtungen, - das weißt du ja. "Kassandra runzelte die Stirn. „Er soll sich beeilen. Baalzak wird zur Vertragsunterschrift meinen Körper benutzen. Danach lasse ich sie, - ähm lässt er uns wieder frei…. "Kassandra´s Körper erschlaffte, um sofort darauf wieder an Spannung zu gewinnen. „Ach – und richte Putin aus, das er mir ein Auto, ein Fahrrad und ein Capybara versprochen hat. Ich bestehe dar… "Wieder erschlaffte ihr Körper. Sascha und Alexander starrten den leblos wirkenden Körper lange an. Aber es geschah nichts mehr. Sie lag da, wie scheintot, nur dass sich ihr Brustkorb regelmäßig hob und senkte.

Baalzak ist sauer

„Was sollte das denn? Und wie zur Hölle konntet ihr euch befreien? "fuhr Baalzak Kassandra an und schleuderte sie erneut in einen, jetzt noch stärkeren, Bann, so dass sie regelrecht zur Salzsäure erstarrte. „Ich wollte Putin an sein Versprechen erinnern. "Sagte Kassandra trotzig. „Nach all dem habe ich ja wohl eine Belohnung verdient. Er hat es mir versprochen. "Baalzak hastete vor ihr hin und her. Dann blieb er abrupt stehen und meinte höhnisch: „Du lässt dich mit einem Auto und einem Fahrrad abspeisen? Und was ist ein Capybara? Etwas zum Essen? "„ Untersteht dich mein Capybara zu essen! "schleuderte Kassandra ihm wütend entgegen. Dabei hatte sie das Gefühl, als ob sich das unsichtbare Band des Banns enger um sie schlang. Baalzak verschwand wie ein Blitz und kam augenblicklich mit Ariane im Schlepptau zurück. „Was habt ihr ausgeheckt? "brüllte er.

Ratlosigkeit in der Beraterrunde

Präsident Putin, Alexander Rekowski, zwei weitere Offiziere des FMS und ein General saßen in kleiner Runde im Besprechungszimmer des Kreml. Rekowski hatte Putin gerade von den jüngsten Ereignissen um Ariane und Kassandra berichtet. "Ich habe ihm gesagt, Sie seien in Amerika, - um uns zeitlich etwas Luft zu verschaffen," beendete er seinen Bericht. Putin blickte lange auf die Tischplatte vor ihm und frage dann: „Frau Mir liegt jetzt in einer Art Koma? "„Ja, "antwortete Rekowski. „Ihre Vitalzeichen sind normal, sagen Petrow und die Krankenschwester. Sie ist nicht in Lebensgefahr. Sie befindet sich aber in tiefer Bewusstlosigkeit. "„Und der Dämon hat durch sie gesprochen sagen Sie? Ist das sicher? "Rekowski drückte eine Taste auf seinem Laptop und dreht den Bildschirm so, dass Putin sehen und hören konnte, was sich 2 Stunden vorher zugetragen hatte. "Putins Mine blieb ausdruckslos. „Er hat das falsche Codewort genannt. Also hat er uns von Anfang an belauscht. Und wir wissen nicht, ob er an Kassandra und ihren Aufenthaltsort gebunden ist. Sie liegt da völlig starr. Er kann ihren Körper also nicht bewegen. Das ist ein gutes Zeichen- oder? "Rekowski stimmte ihm zu und fragte: „ Was mit demCapybara ist, wissen wir. Aber was hat es mit dem Auto und dem Fahrrad auf sich? Haben Sie Kassandra Mir wirklich ein Fahrrad und ein Auto versprochen? "Rekowski runzelte die Stirn. „Nein, habe ich nicht. Ich habe keinen Schimmer, was sie damit meint. Es macht auch keinen Sinn. Warum sollte sie ein Fahrrad wollen, wenn sie ein Auto bekommen kann? Aber dass dieser Wunsch von Frau Mir kommt, ist sicher. Sie hat das richtige Codewort genannt. "Die Männer am Tisch schwiegen und sannen über den Hinweis nach. Die sommerliche Hitze, die sich in den Mauern der Großstadt staute und die Schwüle machte ihnen zu schaffen. Ein Blitz durchbrach den späten Nachmittag, kurz darauf gefolgt von einem Donner. „Wird auch Zeit, dass es mal richtig regnet, "brummte der General. Wieder zuckte ein Blitz. Putin sah versonnen zum Fenster hinaus. Ihm wollte einfach keine Lösung in dieser verzwickten Situation einfallen. Schuld an allem war, wieder einmal, Dragon Milford. Dieser hatte ihm in einem langen Telefongespräch versichert, dass bei der

Beschwörung der Dämonen etwas schief gelaufen war und dies gewiss nicht als Angriff auf Russland zu werten sei. Der ein Jahr zuvor geschlossene Friedensvertrag zwischen Ihnen habe weiterhin bestand. Es sei ein bedauerliches Versehen. Was für ein Wahnsinn, Dämonen herauf zu beschwören. *Auto. Fahrrad. Auto, Fahrrad, Auto...* Plötzlich schlug Putin sich mit der flachen Hand an die Stirn. „Meine Güte Ja! "rief er nun laut aus, so dass die Anderen am Tisch unwillkürlich zusammenzuckten. „Natürlich. Auto und Fahrrad. Danke Frau Mir! Was für eine brillante Idee! Rekowski, - sorgen Sie dafür, dass Kassandra Mir künstlich ernährt wird. Sie wird wohl noch einige Zeit im Koma verbringen müssen. Und nun erkläre ich Ihnen meinen, ähm Kassandra Mir´s und meinen Plan. "

10 Tage später

Baalzak war in Hochstimmung. „Jetzt ist es soweit ", säuselte er Ariane und Kassandra, die noch immer bewegungsunfähig unter seinem Bann standen, zu. „Das hat ja auch wohl lange genug gedauert. Putin hat mir, durch deinen Körper liebe Kassandra, ausrichten lassen, dass nun der Zeitpunkt meiner Einbürgerung in Russland gekommen ist. Und er freut sich schon darauf. Kluger Mann dieser Putin. Ich hoffe du bist kooperativ Kassandra. Wenn nicht… "dabei schaute er Ariane eindringlich an- „Keine Sorge "antwortete Kassandra. „Ich will ja auch endlich mein normales Leben wieder zurück haben. Aber versprich mir, Ariane frei zu lassen. Sie tut doch niemandem etwas und sie hat ihre Lektion gelernt. Nicht wahr Ariane? "„Ist doch alles easy hier, wenn Baalzak auf der Erde lebt. Jeder hat dann seinen Frieden. "Versuchte Ariane sich souverän zu geben. „Brave Mädchen. "Lobte Baalzak die Beiden. „Pass auf Kassandra. Du gehst dann gleich in deinen Körper und lädst mich ein, deinen Körper zu benutzen. Ich kann zwar, wie Ariane durch dich reden, mich aber nicht mit dir bewegen. Das geht nur, wenn du es mir erlaubst. Also, must du mich einladen, damit ich die Unterschrift leisten kann. Erst nach Vertragsabschluss darf in meiner wahren Gestalt auf Erden zu wandeln. So jedenfalls sagte es mir dieser komische Offizier. Und dann bin ich russischer Staatsbürger. "Kassandra hatte den

Eindruck, als mache er Dämon einen freudigen Luftsprung. „Danach bist du frei Kassandra und kannst deiner Wege gehen. „In Ordnung, so machen wir es. Unter einer Bedingung, "antwortete diese. „Ich verlange aber, dass du Ariane freilässt. Regele das jetzt. "Baalzak lief feuerrot an. „ Ich lasse mir von dir nichts befehlen Weib! "schrie er. „Baalzak "sagte Kassandra sanft und wunderte sich selbst, woher sie diese Gelassenheit und das Urvertrauen nahm. „Ariane ist nur eine kleine junge Mädchenseele, was soll es denn schaden? Und immerhin soll ich dich in meinen Körper benutzen lassen. Das ist ein großer Gefallen. Ein SEHR großer Gefallen. Ich soll dich schließlich einladen. "Baalzak schaute irritiert. „ Ich kann euch auch auf ewig hier festhalten, "meinte er sardonisch. „Das könntest du in derTat. "traute sich Ariane aus der Deckung. „Dann kommst du aber noch sich so bald auf die Erde. Du müsstest dir einen neuen Wirt- einen anderen Menschen suchen und ihn manipulieren. Und Putin, - er müsste sich auch darauf einlassen. Kassandra kennt und vertraut er. Wie willst du mit dem neuen Wirt Kontakt mit ihm aufnehmen? Wäre doch schade, wo doch schon alles unter Dach und Fach ist. Ein Neuanfang würde doch erst wieder sehr viel Zeit und neue Verhandlungen in Anspruch nehmen. "Kassandra schickte ihr ein anerkennendes Gefühl zu. Baalzak schwebte vor ihnen auf und ab. Es schien eine Ewigkeit zu dauern, bis er alle Eventualitäten gegeneinander abgewogen zu haben schien. „Na gut, "sagte er schließlich. „Ich hebe den Bann auf, sobald ich in Kassandras Körper eintrete. Ich verfüge es jetzt. So sei es. ""Wie jetzt? Das was es schon? "fragte Kassandra ungläubig. „Ja! "knurrte Baalzak. „So geschieht es nun automatisch mit dem Eintritt in deinen Körper. "

Eine ganz besondere Einbürgerung

„Herr Baalzak, es ist alles für Ihre Einbürgerung in unserem schönen Land vorbereitet. Wenn Sie mir nun bitte folgen würden? - Sogar Präsident Putin höchst persönlich wird anwesend sein. "Baalzak klatschte in die Hände und genoss seine neue Bewegungsfreiheit in Kassandras Körper, wenn auch am Anfang etwas wackelig. „ Na wenn das Mal keine Überraschung ist. Der

Präsident höchstpersönlich. Ich fühle mich geehrt! " „ Nun, es wird ja nicht alle Tage ein Dämon bei uns eingebürgert "erwiderte Sascha leichthin. „ Russland ist auch hier wieder Vorreiter. Herr Putin ist sehr stolz darauf! "fuhr Sascha fort und ging weiter voran. Ihm war nicht wohl mit dem Dämon im Nacken und er hoffte dass dieser es ihm nicht anmerkte. Baalzak, im Körper von Kassandra folgte ihm freudig den Gang hinunter. Sie gingen auf ein großes Portal zu. Kurz davor blieb Kassandra abrupt stehen, was Baalzak zunächst nicht bemerkte. Seine Dämonengestalt löste sich von Kassandras Körper und ging weiter auf den Raum zu, während er gebannt auf den Präsidenten Russlands starrte, der in der Mitte des festlich geschmückten Raumes an einem Tisch stand. Er war es tatsächlich. Putin gab ihm, dem Dämon, tatsächlich Höchstselbst die Ehre. Tja, der Präsident war schlau. Er wusste, dass er mit ihm, dem Dämon, die ganze Welt beherrschen konnte. Die Menschen waren ja so naiv. Noch musste er hier eine gute Miene vortäuschen. Aber schon gleich nach der Unterschrift, würde er hier mit dem Aufräumen beginnen. Das hatte er gerade spontan beschlossen. Die Menschen bürgerten ihn freiwillig in ihr Land ein und zwar mit ihrem freien Willen. Sie wussten tatsächlich nicht um die Konsequenzen, aber das war egal. Hauptsache sie gaben dadurch ihren freien Willen auf. Dann konnte er sie endlich beherrschen. Putin starrte ihn mit großen Augen an. Baalzak wollte ihm die Hand reichen und bemerkte amüsiert seine Klaue. „Uups! – Da habe ich wohl zu früh Kassandras Leib verlassen. "Und zwinkerte dem Präsidenten Russlands zu. „Nicht der Rede wert, "erwiderte dieser gelassen. „ Sie müssen ohnehin in ihrer eigenen Gestalt unterschreiben. Außerdem benötigen wir ja auch ein Foto für Ihren Pass! "An der Tür rumorte es. „Ihr Wahnsinnigen wollt doch wohl nicht wirklich diesen Dämon in Russland einbürgern! "kreischte Kassandra hysterisch. „ Herr Putin ich habe Ihnen vertraut! Wie können Sie nur Russland und die ganze Welt so verraten? "Baalzak grinste sein dämonischstes Grinsen. „ Mit dir beschäftige ich mich später Weib, "knurrte er in sich hinein. „ Wenn Sie dass bitte mir überlassen? "antwortete Putin. „ Ein paar Ohrfeigen werden es für das Erste wohl tun. – Ich bin sehr stolz, Sie einbürgern zu dürfen. Wir haben uns die Entscheidung nicht leicht gemacht. Aber jetzt wollen wir uns die schöne Feier nicht verderben lassen. – Nicht wahr? "Putin lachte höhnisch. Dann beugte er sich verschwörerisch zu Baalzak, der erstaunlich klein für einen Dämon war, hinüber. „ Lesen Sie derweil die Urkunde mit Ihren neuen Rechten und Pflichten. Besonders auf die Pflichten legen wir großen Wert! Danach unterschreiben Sie bitte hier: "Putin zeigte mit dem Finger auf eine Linie am unteren Rand der Urkunde. Hier liegt der Kugelschreiber. Er wandte sich um und ging langsam auf Kassandra zu. „ Du dummes Weib! "schrie er sie an. „ Weißt Du denn nicht, wo Dein Platz ist? Du verdirbst uns noch alles! "Er fasste sie bei den Schultern und schüttelte sie ordentlich durch. Kassandra schluchzte. „ Sie haben uns verraten Herr Putin! Ich habe Ihnen vertraut! "Ein Hochgefühl durchfuhr Baalzak bei diesen Worten. Das schönste was es gab, war doch der Verrat. *Scheiß auf die Pflichten. Die gelten für Menschen, aber nicht für Dämonen* dachte er, griff zum Kugelschreiber und setze zur Unterschrift an. Er schüttelte den Stift und versuchte es erneut. „ Der Stift schreibt nicht! "rief er und drehte sich zu dem Präsidenten um. Er sah gerade noch, wie die schwere Eisentür hinter ihm zuschlug. „Was soll denn das Ihr Gewürm? "schrie er. Erst jetzt sah er sich umgeben von einem feinen Metallgitter. „ Meint Ihr das könnte mich abhalten? "tobte Baalzak und rannte gegen das Gittergeflecht. Er jaulte bei der Berührung auf und fühlte sich wie in einem elektrischen Käfig. Er kam nicht hindurch. Kassandra und Putin standen sich gegenüber und grinsten sich an. „ Sie haben also meinen Tipp verstanden und in so kurzer Zeit umgesetzt! "stellte sie erfreut fest. „ Sie sind in der Tat eine sehr kluge Frau Kassandra Mir! "antwortete Putin. „ Aber so schnell waren wir nicht. Sie haben länger geschlafen, als Ihnen wohl gerade bewusst ist! Wir haben Sie künstlich ernährt und täglich passive Physiotherapie mit Ihnen durchführen lassen, um eine Muskelathropie zu vermeiden. Zehn Tage waren Sie weg. "Er fasst sie am linken Arm und führte sie in Richtung ihres Zimmers. „ Es hat schon eine Weile gedauert, bis wir darauf kamen, was sie mit Fahrrad und Auto meinten. Aber dann ging es sehr schnell voran. „ Und was machen Sie nun mit ihm? "fragte Kassandra." Nun, aus dem fahrradayschen Käfig kommt er nicht wieder heraus, wenn ihn keiner herausholt. Kassandra beobachtete eine Horde von Männern, die gezielt damit begannen, das stählerne Tor zu verschweißen. „ Innen haben wird den fahrraday´schen Käfig und außen herum rostfreies Mondeisen. Russische Qualitätsarbeit "Erklärte Putin. Also, können wir ihn im Baikalsee am tiefsten Punkt versenken. Da dürfte ihn so schnell keiner finden und befreien. "Sie waren jetzt in ihrem Zimmer angekommen. Kassandra schaute nachdenklich. „ Sie haben doch jetzt kein Mitleid mit dem Biest? "fragte Putin und setzte hinzu: „ Nach der Unterschrift, hätte er uns alle zum Frühstück verspeist! "Kassandra nickte. Sascha stellte sich zu ihnen und wischte sich symbolisch mit dem Unterarm über die Stirn. „ Man, dass ist ja mal gut gegangen. Dass hatte ich mir schwieriger vorgestellt. "„ Er ist den Umgang mit Menschen nicht gewohnt und denkt, wir sind alle verblödet und naiv, "antwortete Putin ihm. „ Ach Kassandra, - übrigens sind sie eine ganz hervorragende Schauspielerin. Und was für ein Improvisationstalent sie haben. Alle Achtung! "Kassandra errötete. „ Sie aber auch Herr Putin! Und wie gelassen sie mit dem Untier umgegangen sind. Ich habe mir ja fast in die

Hose gemacht, als ich seine wahre feste Gestalt gesehen habe. So klein und schwabbelig mit diesen langen Klauen. Ätherisch, drüben im Jenseits, wirkte er viel weicher und angenehmer. "Putin grinste erneut. „Das ist reine berufliche Routine. Auf der politischen Bühne habe ich es mit noch ganz anderen Dämonen in Menschengestalt zu tun. Ich vermute dasselbe wie Sascha. Baalzak ist einfach noch zu unerfahren im Umgang mit Menschen. Er glaubte von Anfang an, leichtes Spiel mit uns zu haben. Wesen wie er können mit Kreativität und kleinteiliger menschlicher Raffinesse nichts anfangen. Er hat uns einfach unterschätzt. Dieses Mal. "Kassandra nickte. „ Und was wird jetzt mit mir? "fragte sie ängstlich. Sie war nun Geheimnisträgerin. Man, würde sie wohl nicht so einfach wieder laufen lassen. Putin drückte sie sanft auf ihre Bettkante und setzte sich auf den Stuhl ihr gegenüber. „ Sie Kassandra, haben sich erst einmal redlich eine Überraschung verdient. Ich weiß was Sie durchgemacht haben. Glauben Sie mir. Dennoch möchte ich Sie noch um einen Gefallen bitten, damit sich auch Ariane ihre Überraschung abholen kann. Dafür müssten sie noch einmal schlafen. Aber noch ist

es nicht so weit. Zudem werden wir Ihnen ein Angebot unterbreiten. Wir haben mit Sicherheit Verwendung für Sie, in unserem Geheimdienst. Aber zunächst wird Sascha sie fein auf Staatskosten ausführen, damit sie sich stärken können. Essen und Trinken sie, gehen Sie in eine Bar. Ich kann mir gut vorstellen, dass sie jetzt erst einmal raus müssen. Anschließend kommen Sie bitte mit Sascha zurück, damit wir alles besprechen. Und dann bekommen auch Sie Ihre spezielle Überraschung. Aber reden Sie bitte mit niemandem über das, was hier geschehen ist. "
Kassandra zog eine Schnute. "Wenn ich irgendjemandem von dem erzählen würde, was ich die letzten Wochen hier erlebt habe, würde man mich wohl in die Psychiatrie einweisen. Sowas glaubt einem doch kein Mensch! "
Sascha Petrow und Wladimir Putin nickten synchron.

Später am Abend

Miron Schukow und Dima Bilan betraten leise das abgedunkelte Zimmer. An einem Schreibtisch mit einer schwach leuchtenden Lampe saß ein Mann, der sie zu sich heranwinkte. „ Guten Abend! "flüsterte er, erhob sich und gab ihnen die Hand. „Ich bin Sascha Petrow, Psychologe und Reinkarnationsforscher. Ich danke Ihnen sehr, dass sie sich die Mühe gemacht haben, hierher zu kommen. "„ Was soll man denn anderes tun, wenn der Präsident ruft? "raunte Miron sarkastisch. Dima stupste ihn in die Seite. „ Wir helfen gerne, wenn wir können. Was sollen wir denn tun? "Sascha setzte sich wieder auf den Stuhl und bot den beiden einen Platz vor dem Schreibtisch an. „ Sind Sie über die Lage informiert? "fühlte er vor. „ Miron erzählte mir, dass ich mit einem Geist sprechen soll. Wie auch immer "antwortete Dima und schaute dabei interessiert an die Decke. „ Nicht dort! "sagte Petrow und zeigte auf ein Bett, welches an der Wand stand. „ Dort! "Dima sah schemenhaft eine Gestalt darauf liegen. Seine Augen gewöhnten sich rasch an das dämmrige Licht und er erkannte zunächst lange Haare und dann das Gesicht einer schlafenden Frau. „Sie ist ein großer Fan von Ihnen Herr Bilan und sie kann nicht gehen und ihren Frieden finden, bevor sie mit ihnen gesprochen hat. Sie war 17 als sie verunglückte und spricht durch diese schlafende

Frau, die, -„ dabei schaute er Miron an, - „ ein großer Fan von ihnen ist Herr Schukow. Also, diese Frau. Kassandra heißt sie. "„ Wie soll ich mit dem Geist umgehen? "fragte Dima. „ Herr Bilan, da kann ich ihnen keine Ratschläge geben. Wie man mit Fans umgeht wissen Sie wohl besser als ich. Ich habe da eher weniger – Fans, "versuchte Petrow zu scherzen. „Ich meine, ob ich irgendwelche Phrasen oder Themen vermeiden sollte… "„ Iiiihhhhjaaaa "kreischte es vom Bett. „ Dima Bilan, - du bist wirklich gekommen!?"Dima grinste. Er kannte dieses Verhalten. Er erhob sich, ging vorsichtig mit den Füßen tastend zum Bett und setzte sich auf einen dort stehenden Sessel. „ Hallo. "Sagte er sanft. „ Ich dachte ja erst du wärst der Schukow. Dieser Möchtegern- Bilan- Verschnitt. "Dima grinste. „ Ja, wir sehen uns sehr ähnlich. Fast sind wir Doppelgänger. "„ Ach der macht dich doch nur nach. "Sagte das Mädchen. „ Und dann hat der damit auch noch Erfolg. „Er ist mein Freund! "warf Dima ein. „ Und vielleicht mache ja auch ich ihn nach? "„ Niemals. Außerdem hattest du ja auch zuerst Erfolg, bevor von diesem Schukow auch nur das Geringste zu sehen oder zu hören war. "„ Wie heißt du?

"Kassandra atmete heftiger und lächelte. „Ich heiße Ariane. Ach Dima, endlich treffe ich dich. Endlich, endlich, endlich. "Dima streckte die Beine aus und beobachtete die Frau. Sie atmete jetzt wieder gleichmäßig. Ihre Gesichtszüge waren entspannt. Es war merkwürdig für ihn, mit einer schlafenden Frau zu sprechen. Nein, mit einem Geist zu sprechen, der durch diese Frau sprach. Er musste sich erst daran gewöhnen. „ Ariane, das ist ein schöner Name. Er kommt aus dem griechischen und bedeutet: Die einen Ausweg findet. "Kassandra sog scharf die Luft ein. „ Wirklich? "fragte Ariane. „Einen Ausweg finden. Das hört sich ja interessant an." „ Nach der französischen Deutung heißt Ariane: Die besonders Ehrwürdige und Heilige, "dozierte Dima Bilan weiter. Ariane schien entzückt zu sein. „ Das ist ja wunderschön. Und was du alles weißt "Dima hielt sein Handy in die Höhe. „ Nicht ich weiß alles, aber Mister Google. "„ Na immerhin bist du ehrlich. Was machst du hier? "„Ich unterhalte mich mit einem Fan. "„ Und einfühlsam bist du auch noch. Immerhin bin ich jetzt ein Geist. Irritiert dich das denn gar nicht? "„ Natürlich, es ist ein wenig gewöhnungsbedürftig. Aber ich mache immer gerne neue Erfahrungen. Ist ja fast so wie in „Ghost ". Kennst Du den Film mit Patrick Swayze und Demi Moore? "„ Natürlich kenne ich den! "empörte sich Ariane. „ Na so natürlich ist das gar nicht. Immerhin ist der Film schon sehr alt und du bis ja noch sehr jung. Süße 17 habe ich gehört? "Ariane kicherte. „ So, muss es wohl gewesen sein. "Dima schwieg einen Moment. „ Süße 17, - so so. Wie kommt man mit 17 dazu, einen so alten Mann wie mich anzuschwärmen. Immerhin bin ich 20 Jahre älter als du! "„ Aber Dima, du bist doch noch so jung. Und deine Musik ist so himmlisch gut und du tanzt so toll und weißt immer Stimmung zu machen. "Dima wurde rot. Dass konnte man hier hoffentlich in der Dämmerung nicht sehen. „ Ariane, - ich bin ein ganz gewöhnlicher Mensch, der zufällig von Beruf Musiker ist. "Es folgte eine lange Pause. Dann sprach das Mädchen wieder: „ Ach Dima, tu doch nicht so. Du genießt es doch, wenn dir die Menschen zujubeln. "Dima grinste. „ Naja, jubeln ist besser als ausbuhen. "Warf er ein. „ Und für eine gute Leistung ernte ich gerne Applaus. Das ist mein Lohn. Sag mir Ariane warst du schon einmal auf einem Konzert von mir? "Dima hörte ein scharfes Zischen vom Schreibtisch her. Offenbar gefiel dem Psychologen die Frage nicht. „ Leider nein, Dima "antwortete das Geistermädchen traurig. „ Wir waren auf dem Weg zu deinem Konzert in Moskau, als ich gestorben bin. Wir hatten wohl einen Unfall. "Dima war betroffen. „ Dann ist es ja meine Schuld, dass du gestorben bist! "Stieß er schockiert hervor. „ Dima "antwortete Ariane sanft. „ Du hast eine dünne Seele. Zieh dir das doch nicht an. Wenn nicht dann, wäre es ein anderes Mal passiert. Es steht alles in der Akasha-Chronik geschrieben. Unsere vorherigen Leben, unser jetziges Leben, der Lauf der Welt. Kaum einer kann seinem Schicksal entfliehen. Mach dir darüber bitte keinen Kopf! "Dima hielt den Kopf auf seine Brust gesenkt. „ Dima? Hörst Du mich? Weiß du was die Akasha-Chronik ist? "Dima nickte. „ Darin sollen alle Erinnerungen der Erde und allem was darauf je gelebt hat gespeichert sein, "sagte er leise. „ So kann man es auch ausdrücken. Ja, das klingt schön. Singst du mir ein Lied? "Dima hob den Kopf. „ Natürlich, was möchtest Du denn gerne hören, was ist dein Lieblingslied? "„Am Ufer des Himmels. Das wäre jetzt schön. Denn da bin ich ja jetzt gerade. Am Ufer des Himmels. "Dima schluckte einen Kloß hinunter. Wie Recht sie hatte. Dann begann er erst leise zu summen und schließlich sang er leise Arianes Lieblingslied. Ariane war hin und weg. Dann sang Dima noch sein eigenes Lieblingslied: „Ozean ". Tränen liefen über Kassandra´s Gesicht. Ariane summte ein wenig. Dann sagte sie unvermittelt: „ Dima, ist es dir nicht ein wenig einsam so alleine an der Spitze? "Dima stutze. „ Wie meinst Du das denn jetzt? "„ Dima, ich spüre bei dir ein Gefühl der Einsamkeit. Ich bin tot und empfinde und sehe jetzt so viel mehr, als früher mit meinem Körper. Es tut mir so leid, dass du so einsam bist. "„ Ich bin glücklich "sagte Dima kurz angebunden. „ Dima, Niemand fühlt wie du, niemand denkt wie du, du hast niemanden, mit dem du dich richtig austauschen kannst. "„ Ich habe viele Freunde. "Begehrte Dima auf. Verdammt, warum ging es jetzt plötzlich um ihn? „Dima, sind das wirklich Freunde, oder vielleicht eher Gefährten die hoffen, das ein wenig von deinem Glanz für sie abfällt? Reden Sie dir nach dem Mund, um nicht entlassen oder entfreundet zu werden? "Dima schaute betroffen auf. Ariane wollte ihre Worte ein wenig abmildern um dann doch noch etwas deutlicher werden. „ Schau Dima, dem Putin geht es ja auch nicht anders. Der steht auch ganz allein an der Spitze. Er hat nur seine Lebensaufgabe, die Politik und das Wohl Russlands. Er muss auch immer alles mit sich alleine ausmachen. "„ Aber Putin hat doch seine Leibwächter, Minister und Berater, "warf Dima lahm ein. „ Und dennoch ist doch niemand auf seinem Level. Weder intellektuell noch gefühlsmäßig. Die Beatles waren zu viert und machten dasselbe durch. Die wussten genau wie es dem anderen geht, konnten sich gegenseitig unterstützen und wenn einer von ihnen einen Höhenflug bekam, konnten die anderen 3 ihn wieder herunter holen. Aber ihr Beide seid doch ganz allein mit euren Erfahrungen. "Woher nahm dieser Teenager soviel Weisheit? „ Manche Menschen kommen an einen Punkt, - „ fuhr Ariane fort, „ an dem sie einen Vertrag mit sich selbst machen, ihre Gefühle unterdrücken zum Wohle des Ganzen und sich nur noch auf ihre Lebensaufgabe konzentrieren. Dafür stellen sie alles andere zurück oder geben es sogar auf. Manche Menschen können damit umgehen. Andere nicht. Dima, - bitte pass etwas mehr auf dich auf! "Dima schaute zum Fenster. Die Sonne kämpfte sich langsam immer mehr durch die

Dämmerung. Leichter Nebel stieg auf. Es würde wieder ein sonniger Tag werden. Dima gähnte. Er hoffte nicht allzu viel von diesem schönen Tag zu verschlafen. Immerhin war die Hitze des Sommers einer angenehmen Wärme gewichen. Naja, es standen ja heute auch noch ein Fotoshooting und eine Kostümprobe für seine Show an. Er wandte sich wieder der schlafenden Frau zu, durch die sein kluger Fan sprach. „ Ach Ariane "sagte er. Du bist eine sehr weise junge Frau mit einer alten weisen Seele. "Ariane kicherte. „ Das ist doch nur weil ich jetzt tot bin. Im Leben war ich ein alberner Teenie, wie fast alle. "„ Fast scheint es mir, als wäre ich nicht hier, um dir zu helfen, sondern damit du mir hilfst und mir einen Spiegel vorzuhalten, "sagte er. „ Ach Dima, ich wünschte ich könnte dich nur einmal umarmen. Aber Kassandra lässt mich nicht weiter in ihren Körper. "Dima hob seine Hand und wollte Kassandra´s Hand streicheln. „ Nicht! "schrie Ariane auf. „ Nicht dass sie dadurch wach wird! "Dima zog seine Hand wieder zurück und beugte sich ein wenig vor. Ariane sagte nichts. „ Schweige nicht… "begann Dima einen seiner berühmten Lieder zu singen. Wieder rannen Tränen aus den Augen der schlafenden Frau. Ihre Augen bewegten sich hinter den geschlossenen Lidern. „Oh Nein! Sie wacht auf! "sagte Ariane enttäusch und sprach hastig weiter. „Dima, pass bitte besser auf dich auf. So gerne ich dich auch hier bei mir hier im Himmel hätte. Du hast noch einige Aufgaben auf der Erde zu erfüllen. Und mache nicht wieder so einen Quatsch! "„ Was für einen Quatsch? "fragte Dima Bilan irritiert. „ Na 3 Stunden lang ein Konzert zu geben mit einem gebrochenen Bein zu tanzen. So was lässt man dir nicht noch einmal durchgehen! "„ Wer? "hakte Dima nach. „ Wer lässt mir das nicht noch einmal durchgehen? "Kassandra sah ihn mit großen wachen Augen an. „ Miron Schukow? "fragte sie ungläubig. Dima schüttelte den Kopf und drehte sich zu seinem Freund um. „Miron, - ich glaube dass ist dann nun dein Einsatz! "und an Kassandra gewandt: „ Ich danke Ihnen für das wunderbare Gespräch! "Kassandra schaute ihn verwirrt an. Miron erhob sich von dem Sofa, auf dem er sich ausgeruht hatte und nahm Dimas warmen Platz in dem Sessel ein. „ Hallo schöne Frau "begrüßte er Kassandra routiniert. Dima ging zum Schreibtisch hinüber, schüttete sich ein Glas Wasser aus einer Karaffe ein und leerte das

Glas in einem Zug. Er war es gewohnt stets viel zu trinken und hatte von dem vielen Reden mit Ariane nun einen trockenen Hals. Das tat seiner Stimme nicht gut. „Das haben Sie ganz hervorragend gemacht! "Der Psychologe gab ihm die Hand. „ Danke sagte Dima artig und schaut sich nach Miron um, der sich wohl auch ganz gut schlug. Kassandra hatte sich auf die Bettkante gesetzt und lächelte ihn selig an. Von Miron konnte er nur den Hinterkopf sehen. *Du hast ein bisschen Unrecht Ariane* dachte er im Stillen. *Ich habe einen Freund der dasselbe durchmacht wie ich. Ich sollte ihn vielleicht doch noch ein wenig öfter treffen. Vielleicht ein Duett mit ihm aufnehmen, damit wir ein paar gemeinsame Termine haben.* Das Handy von Sascha Petrow vibrierte und er starrte auf das Display. „ Miron! "unterbrach Dima dessen Gespräch mit Kassandra. „ Ich geh dann Mal. Du weißt ja, eine Mütze Schlaf nachholen und danach Arbeiten. Ich melde mich später bei Dir. Und Ihnen Kassandra wünsche ich alles Gute. Wenn Sie mögen, lasse ich Ihnen zwei Karten für mein nächstes Konzert zukommen. "Kassandra nickte ihm ungläubig zu und Miron hob einen Daumen nach oben und wandte sich dann wieder Kassandra zu. Dima Bilan nahm seine Jacke, zog sie sich über und wandte sich der Tür zu. Er musste auch noch das seltsame Gespräch mit dem Geistermädchen verdauen. „ Herr Bilan! Bitte warten Sie! "hörte er den Psychologen hinter sich her rufen. „Herr Bilan! Geben Sie nicht in den nächsten Tagen ein Konzert in Sankt Petersburg? "Dima nickte. „ Ja, Übermorgen. Sie sind gut informiert. "„ Nun, - ich habe zwei Töchter im Teenageralter "antwortete Sascha Petrow. "Da kommt man leicht an solch wichtige Informationen." Dima grinste. „ Ich kann mir denken, dass sie noch eine Menge zu erledigen haben und das Konzert sie voll und ganz einnimmt," fuhr Sascha fort. "Aber ich habe eine Bitte an Sie. Eine sehr große Bitte! "„ Na ein Autogrammwunsch kann es ja dann wohl nicht sein. "Witzelte Dima. Sasche wurde rot. „Nun, - wenn ich zwei Autogramme bekommen könnte, für meine Töchter und vielleicht ein Selfie, damit die Beiden mir glauben? "warf Sascha kleinlaut ein. Dima zückte seinen Stift.

Am Ufer des Himmels

Dima Bilan betrat das Krankenhauszimmer. Es herrschte eine düstere Stimmung. Das Licht war gedimmt. In einem Bett, das mittig im Zimmer stand, machte er eine schmale Gestalt aus. Er ging zum Bett und blickte auf das blasse blonde Mädchen. Er setzte sich auf die Bettkante und betrachtete sie lange. Sie lag da wie im Schlaf. Er nahm ihre kalte weiße Hand in seine und streichelte ihren Handrücken sanft mit seinem Daumen und dachte nach. Er Spürte in sich und suchte nach einem Bauchgefühl. Dann zog er sein Jackett aus, schlug die Bettdecke zurück und legte sich zu ihr, wobei er darauf achtete, die Schläuche der künstlichen Ernährung des Dauerkatheters nicht zu berühren. Er schmiegte sich eng an sie und musste aufpassen, das er nicht aus dem Bett fiel, weil er nahe an der Bettkante lag. Sie zeigte keine Regung. „ Nun meine Süße "flüsterte er sanft in ihr Ohr, „ So treffen wir uns wieder! "Er verharrte einen Augenblick. Sie roch nach Seife und Moschus. Seltsam. Er begann zunächst leise zu summen um dann in einen leisen Gesang zu verfallen: In die Ferne getragen vom Wind,

das Gefühl bleibt irgendwo
am Ufer des Himmels.
Leise wird ihn anrühren
Der Strahl der einsamen Sonne
Am Ufer des Himmels.
Und der Morgen wird von der
Morgendämmerung überschwappen
Das Gefühl, irgendwo eingeschlafen zu sein.
Am Ufer des Himmels.
Damit wir nicht vergessen,
wie sehr wir einander liebten

Ein verhaltenes Schluchzen ertönte aus einer
Ecke des Zimmers. Das musste die Mutter sein.
Er schaute auf das Mädchen. Sie schien nun
entspannter zu sein. Hatte gerade ein Auge
gezuckt? Blinzelte sie etwa? Er strich ihr über
das Haar, gab ihr einen sanften Kuss auf die
eingefallene Wange und sang diesmal sein Lied:
Am Ufer des Himmels in voller Länge. Manchmal
schien seine Stimme, für einen Hauch, vor
Rührung zu brechen. Er schaute sie wieder lange
an. Ihre Körperspannung schien sich verändert
zu haben.
 Er beobachtete sie eine Weile in dem fahlen
Licht und raunte dann wiederum in ihr Ohr: „

Meine liebste, es ist Zeit aufzuwachen. Du hast nun lange genug geschlafen. Komm schon, tue es für mich, Dima Bilan. Hm? Komm! "Er streichelte ihr über das zarte Gesicht und betrachtete es zärtlich. Er legte alle Herzenswärme die er aufbringen konnte in seine tiefe warme Stimme: „ Wenn Du jetzt aufwachst Liebes, dann lade ich dich nicht nur zu meinem Konzert ein. Nein! Du bekommst auch nicht einfach nur Backstagekarten. Nein! Du darfst mich einen ganzen Tag lang begleiten und meine persönliche Assistentin sein. Kannst Du dir das vorstellen? Du bist dann die persönliche Assistentin von Dima Bilan. Ist das nicht mehr, als du dir je erträumt hast? Wir werden einen ganz besonderen Tag miteinander verbringen. Das verspreche ich dir. "Tränen rannen über das Gesicht des Mädchens. Er merkte ihr die Anstrengung und die inneren Kämpfe an. Sie drehte ihm langsam den Kopf zu und öffnete flackernd ihre Augen. Dima rührte sich kaum. Er schaute sie nur lächelnd an und streichelte ihr Haar. Das Mädchen war immer noch stumm, aber ihre Augen waren klar und Dima hauchte: „Willkommen zurück im Leben Ariane! "

Epilog:

Ariane war aufgeregt. Nach dem Unfall, bei dem ihr Vater gestorben war, hatte sie eine lange REHA hinter sich und verbissen gegen den Muskelschwund nach dem 6 Monate andauerndem Koma gekämpft. Aber sie hatte ein Ziel. Und dass war IHR Tag mit Dima Bilan. Er hatte es versprochen und Wort gehalten. Was denn auch sonst. So, war er nun Mal. Eine ehrliche Haut der zu dem stand, was er sagte. Sascha Petrow hatte eine Nachricht auf dem Handy erhalten, in jener Nacht, als Dima mit ihr sprach. Man, hatte herausgefunden, dass Ariane zwar verunglückt, aber nicht tot war, sondern im Wachkoma lag. Ariane konnte sich an ihre Zeit im Koma nicht wirklich erinnern. Sie meinte ein paar wirre Träume von einem Dämon, einem Mädchen und dem Geheimdienst gehabt zu haben und sie glaubte am Ufer des Himmels gestanden zu haben. Stolz zeigte sie dem Security Mann am Hoteleingang ihren VIP-Ausweis. Er ließ sie durch und sprach etwas in sein Funkgerät. Ariane beachtete ihn nicht weiter, stieg in den Fahrstuhl und drückte die 7. Als der Fahrstuhl sich nach der für sie unendlich

langen Fahrt öffnete, blickte sie auf einen dicken
Blumenstrauß. Dahinter stand grinsend Dima
Bilan und erwartete sie. Ariane war glücklich.
Dies würde der schönste Tag in Leben werden.

Anhang:

Das **CERN** ist eine Großforschungseinrichtung der europäischen Organisation für Kernforschung in der Nähe von Genf, die teilweise in Frankreich und teilweise in der Schweiz liegt. In esoterischen Kreisen wird gemunkelt, von hier aus könne man auch Hologramme am Himmel erzeugen, um Menschen zu beeinflussen indem man zum Beispiel Hologramme von religiösen Persönlichkeiten der Vergangenheit an den Himmel projiziert.

Dima Bilan ist tatsächlich in der Realität ein erfolgreicher Popstar in Russland. Seine Lieder und Videos: Am Ufer des Himmels (Na beregu Neba), Schweige nicht (Ne Molchi) und andere kann man auch auf Bilan Offizial bzw. StarPro auf You Tube anhören und anschauen.

Miron Schukow ist sein alter Ego. Wer möchte, kann gerne seine Abenteuer auf die auch in diesem Buch Bezug genommen wird, im dem Buch: *Licht im Schattengewand nachlesen.*